# ZAPADEN PARK

# I

La pioggia della notte aveva reso fangoso il terreno.

Vasko era ormai rassegnato per le sue scarpe in cuoio; nondimeno avanzava con estrema cautela, sollevando di volta in volta il ginocchio, studiando il percorso davanti a sé, e poggiando poi delicatamente l'intera pianta del piede nel luogo ritenuto più opportuno.

Si erano addentrati nel bosco, uscendo dai viali che attraversavano il parco e dove ancora, nonostante il freddo autunnale, si poteva vedere qualcuno, in tuta, dedito alla corsa.

Ivanov camminava un paio di metri più avanti, scattante, quasi nervoso. Si fermava quando si accorgeva di aver guadagnato troppo spazio, ma nel momento in cui veniva raggiunto, riprendeva subito la sua andatura.

"Poteva dirmi che mi avrebbe portato nei boschi. Le manderò il conto delle scarpe, dannazione"

"Finisca di lamentarsi, signor Mladenov. Siamo quasi arrivati"

"Lo voglio sperare. Sarà mezzora che camminiamo nel fango"

"Aveva altri programmi per la giornata?" ribatté Ivanov, e sembrò quasi compiaciuto dello sguardo feroce che sentì posarglisi addosso.

Camminarono ancora per qualche minuto, poi arrivarono su quello che, prima della pioggia, poteva essere stato un sentiero.

"Le ricorda qualcosa questo posto?" gli chiese.

"Frequentavo spesso il parco, ai miei tempi, ispettore"

"Proprio qui, questo sentiero, le fa venire in mente nulla?"

"E' un sentiero, ispettore, ed è molto tempo che non abito più a Sofia"

"Già, dall'ottantanove, mi sembra"

"Vedo che è davvero bene informato"

Il sentiero si faceva decisamente più scosceso, e scendeva ripido verso una radura. Poco ci mancò che Vasko scivolasse. "Le avrei mandato anche il conto dell'impermeabile, stia certo" gli gridò dietro.

In lontananza, all'estremità orientale del prato, Vasko scorse due uomini in uniforme che sembravano stare a presidio di un cumulo di terra.

"Devo pensare che una mèta esista davvero, allora!", esclamò ironico.

"Il tempo non era l'ideale per una passeggiata romantica", gli fece di rimando Ivanov.

Man mano che si avvicinavano, la scena appariva più precisa: accanto al cumulo di terra compattata dalla pioggia vi era una fossa scavata di recente. Vasko cominciò ad essere inquieto. Quel posto effettivamente gli ricordava qualcosa.

Ivanov salutò i due uomini di guardia.

"Che significa tutto questo, ispettore?"

"In verità, pensavo che lei avesse qualche informazione al riguardo, signor Mladenov"

I due uomini restavano in piedi davanti al tumulo, e Vasko si sporse per cercare di vedere l'interno della fossa.

"Il signor Mladenov può passare: in un certo senso è un ex collega" disse Ivanov a quelli di guardia, che si fecero da parte; poi con un cenno incoraggiò Vasko ad avvicinarsi.

Si sporse per guardare all'interno. Tutto ciò che riuscì a percepire era una sorta di fagotto indistinto, vago. Subito si ritrasse inorridito, più per quel che si aspettava di vedere che per quel che realmente aveva visto.

"Allora, ha perso la lingua?"

"Cos'è ..." mormorò Vasko.

"Quelli lì sono solo stracci, poveri panni, nulla più. Lei cosa si aspettava di trovare?"

"Non so, non ha l'aria d'essere il posto dove nascondere il servizio buono da the ..."

"Non scherzi, per l'amor del cielo. Ciò che rimaneva è stato portato già all'Istituto di medicina legale per cercare di procedere ad un'identificazione. Pare si trattasse di una donna"

Seguirono attimi interminabili di silenzio.

Vasko cercava, per quanto gli era possibile, di mettere a fuoco la situazione per predisporre una contromossa, così come gli era stato insegnato in molti anni di servizio. Ma stavolta non era affatto facile: l'incertezza sull'identificazione rendeva forse nell'immediato la sua posizione meno complicata, ma per altro verso la scoperta lo aveva sconvolto, e gli aveva fatto sorgere mille interrogativi.

"Ivanov, perché mi ha fatto venire qui? Avanti, qual è il motivo di questa messinscena?"

"Non usi con me gli argomenti della *sigurnost*, Mladenov, non funziona"

"Un tumulo, la terra scavata... Suvvia, mi mostri il cadavere, mi dica di chi si tratta e mi arresti"

Ivanov aveva raccolto un ramoscello di tiglio e ci giocava, disegnando dei piccoli cerchi nell'aria davanti a sé. "La tecnica è ancora buona, mio caro, ma l'allenamento le manca. E' in evidente stato di agitazione e non riesce a nasconderlo"

"Mi dispiace per lei, ma davvero non so nulla. Forse dimentica che è la prima volta che torno in Bulgaria dal millenovecentottantanove"

"Appunto"

"Che significa?"

"Mladenov, comincio a spazientirmi. Perché crede che l'abbia fatta venire dall'Italia fino a qui, pagandole pure il volo? Per chiederle un parere? Non mi faccia così ingenuo!"

"Perché non inizia lei a raccontarmi cosa sa su questa fossa, così forse mi chiarisco le idee"

L'ispettore Ivanov si fece rosso in volto, e scagliò lontano il ramo con stizza.

"So che questa disgraziata sta qui sotto dall'ottobre dell'ottantanove, e che con buona probabilità ce l'ha messa lei Mladenov, ecco cosa so. Pensa che sia sufficiente? O ancora non ricorda?"

Vasko fu scosso da un tremito. Tuttavia, riuscì a non perdere il controllo. Ivanov non aveva ancora elementi sufficienti che conducessero in modo certo a lui.

"Non ricordo – ripeté – e non mi sembra che le prove in suo possesso siano tali da consentirle di arrestarmi"

"Ai tempi in cui lavoravi tu, sarebbero bastate a sbatterti in prigione per il resto dei giorni. Se qualcuno dei tuoi amici non provvedeva a farti fuori prima …"

"E' tutto, ispettore?"

"Mladenov, non commetta l'errore di credere che il passato non la possa seguire ovunque"

"Non capisco dove vuole arrivare"

"Se quella tomba è stata aperta, un motivo ci sarà di certo. Io presumo che lei conosca questo motivo, o ne abbia quantomeno un'idea. Ma se così non è, credo sia suo massimo interesse scoprirlo. Mi sbaglio?"

"Si sbaglia", disse Vasko, ma la voce gli suonò nella testa come se venisse da qualcun altro, lontana, incerta. Sapeva bene che Ivanov non si sbagliava affatto.

"Come crede, meglio per lei. Perché, in caso contrario, io sarei probabilmente l'ultimo dei suoi problemi"

Vasko rimase in silenzio. Continuava a fissare la fossa vuota.

Ivanov gli tese la mano, convinto di aver comunque raggiunto un risultato: "casomai le tornasse in mente qualcosa, mi chiami, sa dove trovarmi. Chissà che, alla fine, non possa esserle io d'aiuto"

Sofia era mutata, e sembrava che questo mutamento avesse riguardato non solo l'aspetto esteriore, ma l'anima stessa della città. Dai finestrini del taxi che lo stava riportando a casa, la vecchia casa dove ora abitava quella che un tempo era stata sua moglie, vedeva scorrere una città in cui non riusciva più a ritrovarsi. Interi quartieri stavano sorgendo non lontano dal centro, mangiando a poco a poco i suoi immensi spazi verdi. Il viale Todor Alexandrov era una specie di autostrada costeggiata da cantieri.

Si era fatto buio. La gente correva veloce, indaffarata, apparentemente infastidita, sotto la pioggia fina che cominciava allora a cadere. Le luci dei negozi illuminavano la strada, più forti di quelle dei lampioni.

Il taxi svoltò poco prima di un immenso cinema multisala, un grosso scatolone trapezoidale i cui lati erano sottolineati da potenti neon rossi e blu, e si immerse sotto il fitto degli alberi, percorrendo una strada piena di buche e priva di illuminazione.

Tra le foglie degli ippocastani si scorgevano gli edifici grigi e monotoni costruiti durante il regime, che si accendevano qua e là alle finestre di qualche tenue lampada gialla, per mostrare dietro le tende un modesto soggiorno, o una camera da letto. Restavano così, immoti, nella loro pesantezza materica di ferro e calcestruzzo, mentre intorno la città si faceva moderna, piena di pareti di vetro e luci colorate.

Quel percorso gli era di nuovo familiare. Notava, sì, qualche palazzo nuovo, ma nel complesso la zona di Sveta Troitza era rimasta come allora. Anche se dalla sua camera da letto, che affacciava sul lato opposto, sul viale Slivnitza, il panorama doveva essere completamente mutato, con i grossi centri commerciali, i bar e le banche al posto dei faggi che un tempo innalzavano i rami fin davanti alle finestre.

Guidò l'autista fino all'ingresso del palazzo che un tempo aveva abitato. Vide dietro gli alberi il portone socchiuso e la vetrata rotta e le scale di graniglia verde. Qualche rampa di scale lo divideva dalla sua vita passata, una vita nella quale non sarebbe mai più potuto rientrare. Semplicemente, nulla gli apparteneva più di quella vita.

Vi si sarebbe potuto intromettere, come straniero in una terra altrui, simulando ancora, come aveva fatto in tutti gli anni della sua pur breve carriera nei servizi segreti. Sarebbe riuscito in tal modo ad avvicinare quel ragazzone a lui estraneo che non era mai stato suo figlio, insinuandosi nelle pieghe della sua intimità. Era bravo un tempo, l'avrebbe saputo fare ancora. Ma la sofferenza sarebbe stata troppa.

Disse al tassista di ripartire, che lo riportasse in centro, aveva voglia di bere qualcosa, di mimetizzarsi fra la gente senza bisogno di indossare maschere.

Aveva bisogno di mettere a fuoco i suoi ricordi, che prepotentemente pressavano per tornare in superficie dal fondo in cui li aveva confinati negli ultimi diciassette anni: un volto di giovane donna, un incontro nel parco, passi di corsa sulle foglie secche (autunno allora come ora), un'ombra fra gli alberi, uno sparo, un grido.

Si fece lasciare vicino al palazzo del Parlamento. Cominciò a camminare per le strade che si andavano pian piano svuotando, in quella parte di città che era riuscita a rimanere uguale a se stessa per più di una generazione.

Ricordava il nome ed il volto, poco altro. Si chiamava Geri, e l'aveva conosciuta la prima volta ai tempi in cui entrambi frequentavano i corsi universitari. Bassina e minuta, coi capelli biondi corti, uno strano modo di tirarsi su gli occhiali con le nocche delle dita.

Ma come tentava di focalizzare qualche altro particolare, il ricordo svaniva del tutto, e si trovava costretto a riprendere daccapo il lento lavoro di scavo all'interno della sua memoria.

Passò davanti all'imponente palazzo dell'Università e rimase per qualche istante a fissarne la facciata, come se l'edificio dovesse suggerirgli ciò che alla sua mente sfuggiva, come se conservasse anch'esso memoria di coloro che lo avevano frequentato un tempo,

12

come se la frequentazione degli stessi luoghi potesse far rivivere immagini e soggetti di allora.

Purtroppo, più cercava di ricordare e più i ricordi sfuggivano. Attraversò la strada e, giusto all'inizio dei Borisova Gradina, il più grande parco del centro, si sedette ad un bar da poco rinnovato, affacciato su quello che un tempo era un laghetto e che ora, senz'acqua e sottoposto a lavori, appariva piuttosto come una grossa cava.

Ordinò distrattamente un caffè, e si mise ad osservare l'ingresso principale dell'Università. Ancora studenti entravano ed uscivano, nonostante l'ora. Pensò che quel tavolo era perfetto per un appostamento: consentiva di sorvegliare senza essere notato.

Il caffè arrivò, ed era di quei caffè smisuratamente lunghi – quasi una tisana al gusto di caffè - che, in Italia, si era disabituato a bere. Motivo di più per sorseggiarlo lentamente e, nel frattempo, continuare a tenere d'occhio il portone dell'Università.

Non attendeva nessuno che dovesse uscire da lì. E però il gioco lo prese a tal punto che, pure quando ebbe finito il caffè, afferrò un giornale da un tavolo vicino ed iniziò a sfogliarlo, fingendo di leggerlo, in realtà tenendo lo sguardo al di sopra della pagina, puntato sempre all'altro lato della strada.

Ad un tratto sembrò scuotersi: posò il giornale sul tavolo e si sporse in avanti aguzzando la vista. Davanti all'ingresso dell'edificio, giusto sotto il lampione che lo illuminava, stava un gruppo di ragazze intorno ai vent'anni. Sembravano allegre e due di loro portavano una cartellina azzurra sotto il braccio. Una aveva anche un mazzo di fiori, ed era perciò probabile che avesse appena superato un esame.

Nel mentre fissava a quel modo il gruppo al di là della strada, fu certo che una delle ragazze con la cartella stava ricambiando il suo sguardo, con la stessa intensità ed un'espressione inquieta. Il volto della ragazza, bionda e minuta, mostrava una notevole somiglianza con quello che nelle ultime ore aveva imbrigliato i suoi ricordi. La ragazza portava un paio di occhiali dalle asticelle leggere. Istintivamente si portò le nocche del medio e dell'indice al naso, e sollevò le lenti, senza staccare lo sguardo da lui.

Vasko svuotò sul tavolo buona parte del contenuto del suo portamonete e si precipitò fuori dal locale. Si gettò in strada ed un'auto lo schivò di poco. Sentì solo suonargli dietro il claxon con rabbia. Arrivò all'altro marciapiede e corse verso la scalinata dell'Università. Trafelato arrivò in cima.

La ragazza con il mazzo di fiori ed un'amica con la cartellina azzurra lo guardarono interdette. Non vi era nessun altro. La biondina con gli occhiali sembrava essere svanita nel nulla. Farfugliò qualcosa, una domanda con un pretesto che suonava evidentemente falso, e le due giovani si chiusero subito in un atteggiamento diffidente. Di fatto, fuggirono rapidamente senza dargli alcuna risposta.

A quel punto, Vasko decise di entrare nell'edificio. Ancora pochi minuti e, probabilmente, avrebbero chiuso i portoni.

Le aule e i corridoi non erano cambiati di molto dai tempi in cui li aveva frequentati lui. Forse per la soggezione naturale in tutti gli studenti, ricordava gli interni più imponenti, i soffitti più alti. A quell'ora, invece, le luci al neon delle bacheche e i fiochi lampadari delle volte davano un aspetto lugubre all'ambiente.

Al passaggio di un custode si fermò davanti ad un avviso, facendo finta di leggerlo attentamente. Erano le date della prossima sessione di esami di diritto commerciale.

"Si chiude fra poco", gli disse l'uomo quando fu vicino.

"Mi appunto le date anche per gli amici e vado, grazie"

L'uomo fece un cenno di assenso e proseguì oltre.

Come il custode ebbe voltato l'angolo, Vasko si infilò rapidamente da una porta lì vicina in una stanza molto ampia. Avevano già spento le luci, ed entrava solo, da tre grosse finestre poste sul lato opposto dell'ingresso, il chiarore bluastro della notte e dei lampioni. Le pareti erano rivestite di legno quasi fin sopra il soffitto, e la sala era interamente occupata da un lungo tavolo da riunioni circondato da sedie.

Alle pareti vi erano le foto degli ultimi rettori. Ricordava Bliznakov e Semov, di alcuni altri aveva sentito solo parlare.

Quando fu sicuro che anche nei corridoi le luci fossero state spente, uscì e cominciò, con maggiore calma, ad esplorare l'ambiente. Non cercava nulla in particolare; vagava, a volte si fermava, entrava in alcune aule. Come se quei luoghi potessero rimandargli ricordi più definiti, più precisi.

15

Salì fino al quarto piano.

Procedeva cauto nel buio che lo avvolgeva. Entrò in quella che gli sembrò essere una stanza ampia, dai soffitti alti. Sollevò gli occhi, verso quei soffitti di cui non vedeva la fine. D'improvviso sobbalzò, suggestionato forse dal buio e dal silenzio, e dal freddo che cominciava a prendersi gli spazi: enormi zanne, orbite vuote, ossa scoperte brillavano alla luce che filtrava dal lucernaio.

Aveva raggiunto le sale del museo di paleontologia. Il gigante restava immobile davanti a lui.


Ridiscese molto più rapidamente, con la mente sgombra da pensieri. La prima, la seconda rampa di scale. Fu al secondo piano che, lanciando uno sguardo distratto al corridoio, si accorse di qualcosa che prima gli era sfuggito. Alle pareti vi erano numerose foto, ognuna relativa ad un anno accademico, ognuna raffigurante in gruppo i laureati dell'anno, divisi per facoltà.

Passò veloce davanti alle foto degli anni più recenti per arrivare subito a quelle della metà degli anni ottanta.

Non faticò a riconoscersi, i capelli molto più lunghi, la cravatta d'istituto, gli occhiali larghi a goccia, una giacca che lo faceva più grosso di quel che in realtà era stato. Erano i laureati in lettere e cultura slava dell'ottantasei. Già da tempo lavorava al servizio della *sigurnost*.

Doveva essere di uno o due anni più giovane, la ragazza che stava cercando. Anche lei seguiva i corsi di lingua e cultura slava.

16

Osservò accuratamente le foto dell'ottantasette e dell'ottantotto, ma non riconobbe nessuno.

Forse la memoria lo tradiva, forse la ragazza non frequentava quella facoltà.

Guardò più e più volte le due foto, scrutò i piccoli volti che emergevano dalle file più arretrate. Evidentemente, la ragazza era assente il giorno in cui avevano scattato la foto del suo gruppo di laurea.

Proseguì oltre, leggermente contrariato. Altre foto, di altri anni, scorrevano davanti ai suoi occhi. Mutavano i vestiti, le acconciature, le mode. E, d'un tratto, la vide. Era lei, senza ombra di dubbio. Eppure non poteva essere lei.

La foto ritraeva i giovani laureati dell'anno accademico 89/90, ed era stata scattata sicuramente un giorno di maggio del 1990, così come si usava, a fine sessione.

La ragazza bionda che sorrideva nel gruppo, in prima fila, era stata sepolta a Zapaden Park un uggioso mattino di sette mesi prima.


Raggiunse velocemente i locali della segreteria. Erano chiusi a chiave, ma la serratura non era difficile ad aprirsi. Armeggiò con il temperino che portava sempre con sé ed in pochi minuti fu dentro.

Ricordava una segreteria formata da schedari e faldoni facilmente consultabili. Si ritrovò davanti tre scrivanie, su ognuna delle quali troneggiava uno schermo spento di computer. Accenderne uno non sarebbe servito a molto, dato che sicuramente erano protetti da password.

Si guardò intorno, aprì alcuni cassetti ed armadietti, sfogliò le pratiche contenute all'interno. Giusto per scrupolo, ma era ovvio che nulla di quello che cercava si sarebbe mai potuto trovare lì dentro.

Una cartellina più voluminosa delle altre attirò tuttavia la sua attenzione. La nota a penna sulla copertina indicava che gli incartamenti contenuti erano destinati all'archivio. Ricordò i locali vasti e tetri al piano terra in cui talvolta gli era capitato di recarsi. Dal bancone degli impiegati si scorgevano lunghe file di altissimi scaffali pieni di tutto ciò che nei decenni aveva rappresentato la storia minuta dell'Università: corsi di studio, diplomi, dati personali.

Vasko scese quindi al piano terra ma, giunto dinanzi alle porte di quello che doveva essere l'archivio, si rese subito conto che aprirle non sarebbe stato facile come era stato aprire quelle della segreteria.

Le porte erano in legno massiccio, alte oltre due metri e chiuse da un grosso catenaccio.

In altri tempi, pensò, con altri mezzi a disposizione ce l'avrebbe pure fatta, ma ora l'impresa sembrava impossibile.

Ora non aveva più nulla da fare all'interno dell'edificio.

Cercò una finestra al primo piano, poiché quelle al pianterreno avevano le grate. Ne verificò un paio prima di trovare quella adatta al suo scopo: si affacciava  giusto sui rami di un albero, rami che sembravano abbastanza resistenti a reggere il suo peso. La aprì, uscì sul davanzale, ebbe cura di accostare le ante, così che fosse facile pensare che fossero rimaste aperte per una dimenticanza del custode, e scivolò agilmente giù per il tronco.

Non sapeva quanto tempo esattamente avesse trascorso dentro, ma era sera ormai. Le strade erano deserte. Un alone di foschia avvolgeva le luci dei lampioni.

## II

Non vi era più il lungo bancone su cui si affacciavano gli studenti per richiedere i documenti; un solo impiegato era responsabile dell'ufficio, ma non sembrava avesse un granché da fare.

Era un ometto bassino e tarchiato, dalle folte sopracciglia, bianche come la capigliatura che portava folta, nonostante l'età avanzata. Era rimasto probabilmente a governare quelle stanze dai tempi del regime, custode diretto di buona parte delle memorie dell'istituto.

Sembrò quasi contento di vedere qualcuno che abbisognasse dei suoi servizi, e si mise immediatamente a disposizione.

Vasko mostrò la carta d'identità.

"Ah, vive in Italia adesso! Com'è l'Italia? Ho una mia nipote che vive lì, ma non mi è mai capitato di andarci, un giorno, magari, se metto da parte un po' di soldi, ma venga, venga, passi di qui, e dove precisamente, in Italia?"

Vasko lo ascoltava distrattamente, gli occhi scorrevano le pile di faldoni, divise per anni e gli anni, a loro volta, divisi per nomi.

L'anziano archivista si muoveva tra le colonne di carta con insospettabile agilità.

"Dove, precisamente?"

20

"Come scusi?"

"Dove precisamente vive in Italia, le chiedevo"

"In un posto vicino Genova, si chiama Nervi … è qui la mia cartella?"

"Oh, sì, dovrebbe essere lì sopra. Si sposti un attimo", e scomparve dietro il muro di carta per ricomparire subito dopo con una scala.

"Posso salire io?"

"Lasci, lasci fare, non sia mai che cade e si fa male", e non aveva ancora finito di parlare che già era in cima alla scala.

"Millenovecentottantasei, diceva?"

"Sì, Goranov"

"E' la prima volta che viene a vedere il suo fascicolo personale?"

"Sì, manco da molti anni"

"Chissà che sorprese troverà qui dentro", disse ridacchiando l'archivista.

"Sorprese? Che genere di sorprese?"

"Non è venuto per questo? Ormai la gente viene solo per questo. Da che è caduto il regime, tutti i fascicoli personali sono a disposizione degli interessati. Forse credeva che all'archivio dell'Università si conservassero solo i diplomi e gli statini di esami?"

Sì, lo sapeva benissimo che all'Università non si conservavano solo diplomi e statini, ma pensava, ingenuamente, che il lavoro alla *sigurnost*, l'essere interno al sistema, insomma, lo mettesse al riparo da questo genere di sorprese.

C'era ogni tipo di informazione lì dentro, compresa buona parte delle sue missioni, comprese le copie dei documenti identificativi che, di volta in volta, sotto nomi diversi, si era trovato ad utilizzare.

Guardava il contenuto del fascicolo e guardava l'ometto bianco che gli stava davanti, e pensava con terrore che quello sconosciuto avrebbe potuto avere accesso ad ogni genere di notizia sul suo conto, e che sicuramente non avrebbe mancato di dare una sbirciata prima di rimettere a posto.

L'ometto parve accorgersi dei turbamenti di Vasko, e gli disse sornione: "non si preoccupi, per me lei potrebbe essere stato chiunque, anche un agente segreto. Sono passati in tanti da qui, soprattutto nei primi tempi. Ma ora è tutto passato, finito. E' un'altra realtà. E' storia quella, non è più vita vissuta"

"Chi può avere accesso a questi documenti? Oltre lei, ovviamente"

"L'interessato, ovviamente"

"Poniamo che io venissi e le chiedessi di vedere il fascicolo riguardante un'altra persona"

"Oh, non sarebbe possibile. Le ho chiesto un documento, prima di prenderle il fascicolo"

"Sì, ma in fin dei conti, dipende solo da lei"

"In che senso?"

"Nel senso che non c'è nessun altro, a parte lei. Non deve rendere conto a nessuno. Se io le chiedo di vedere il fascicolo di qualcun altro e lei me lo fa vedere, la cosa resta fra me che glielo ho chiesto, e lei che me lo ha dato"

"Non scherziamo. Non è più interessato a vedere il suo incartamento? Se è così possiamo anche uscire"

"Suvvia, facevo per dire. Dal momento che lei stesso ha detto che non è più vita vissuta questa, ma storia"

"Storie personali"

"Lei ha detto storia: una realtà che non c'è più non è neppure più realtà. E poi, via, lo sapevamo tutti che di quello che si scriveva in questi rapporti poco corrispondeva a verità e molto era costituito da informazioni del tutto irrilevanti. Prenda questo che c'è scritto nel mio fascicolo, ad esempio: ha trascorso la prima quindicina di luglio a Sozopol da una zia - sorella della madre specificano pure - di nome Vesselina Natanieva. Le sembrano notizie che possano interessare qualcuno?"

"A me certo no, ma è lei che me le sta leggendo"

"A nessuno interessano, come non interessavano all'epoca. E tuttavia, secondo alcuni, combinando una serie di informazioni irrilevanti su una certa persona si può giungere a tracciarne un profilo perfetto ed infallibile. E' per questo che si raccoglieva tutto, senza scartare mai niente. Ma, come dicevamo, anche queste sono teorie che hanno fatto il loro tempo. Se c'è scritto che ho passato l'estate da mia zia, significa solo che ho passato l'estate da mia zia e che, forse, ho una zia a Sozopol. Basta, niente di più"

"Avanti, cosa vuole realmente?"

"Non lo so, sto cercando di mettere a fuoco il passato, un certo passato"

"Deve comprendere che qui io, è vero che sono da solo, ma corro dei rischi"

"Ogni rischio ha un prezzo. Il suo non mi sembra eccessivo"

"Anche il passato ha un prezzo. Dipende da quanto uno è disposto a dare per conoscerlo"

Vasko tirò fuori dalla tasca il portafogli e gli diede una banconota da cinquanta leva.

"Non deve essere un granché interessante questo suo passato", commentò l'ometto.

Vasko gli porse altri cinquanta leva.

L'uomo mugugnò un poco e poi annuì. "Cinque minuti, non di più. Non si faccia vedere prima. Se sente arrivare qualcuno, si nasconda. Nessuno può restare da solo qui dentro", e sparì tra le carte accatastate, nella direzione da cui erano entrati.


Per prima cosa ebbe cura di sottrarre tutte le informazioni davvero rilevanti che erano contenute nel suo fascicolo e riguardanti la sua attività nel KDS. Piegò i fogli in quattro e se li mise nella tasca interna della giacca.

Poi guardò la colonna che era davanti a lui. Come aveva notato prima, ogni scaffalatura corrispondeva ad un anno accademico, e per ogni anno i faldoni erano contraddistinti dalle iniziali dei cognomi degli studenti.

Fece alcuni metri ed arrivò al millenovecentonovanta. Recuperò la scala. La faccenda non era così semplice, visto che ciò che gli mancava era proprio il cognome della ragazza. Non si perse d'animo. Cominciò ad estrarre faldone dopo faldone, lanciandoli in terra dall'alto. Quando fu arrivato suppergiù a metà alfabeto, scese per iniziare la ricerca fra le prime lettere.

In ogni faldone vi erano all'incirca una ventina di cartelle personali. Sulla prima pagina interna, a fianco al nome, una foto tessera dello studente.

Girava rapidamente le pagine, apriva e richiudeva ogni fascicolo concentrandosi sul volto e sul nome.

Non dovette cercare a lungo: Georgana Dimovska lo fissava dal retro della copertina del proprio fascicolo personale. Uno sguardo profondo, intenso, inusuale per una foto tessera universitaria.

Era lei, senza dubbio. Quel volto gli ritornava ora alla memoria nitidamente, esanime, il corpo riverso tra le foglie intrise di sangue.

Sfogliò le prime pagine, quelle che contenevano le informazioni ufficiali sulla carriera universitaria della ragazza.

Vi erano gli statini di esame, i documenti presentati all'atto dell'iscrizione, i giudizi di fine semestre. Ma nulla che riguardasse i servizi, come se non vi avesse mai fatto parte, e come se non fosse neppure mai stata oggetto di osservazione da parte loro.

Pensò che, come anche lui aveva fatto pochi istanti prima, qualcuno era già passato a sottrarre le carte in questione. Pensò inoltre che quell'ometto insignificante che gestiva l'archivio aveva un eccessivo, arbitrario potere, che esercitava a piacimento dietro corresponsione di denaro.

Seguì con l'indice l'elenco degli esami sostenuti fino ad arrivare e a superare l'ottobre millenovecentottantanove. Gli ultimi esami dati da Geri portavano la data del gennaio 1990. Nel maggio di quell'anno si era brillantemente laureata in lingua e cultura slava.

Tutto ciò appariva inverosimile ma, a questo punto, non si meravigliava più che le cose stessero così.

Si appuntò luogo, data di nascita ed ultima residenza conosciuta, richiuse il fascicolo e lo ripose nel faldone.

Stava ancora in piedi sulla scala, quando tornò l'archivista. Scese.

L'uomo, come se nulla fosse successo domandò: "Le occorre fare copia di qualche atto dal suo fascicolo?"

"La ringrazio – rispose Vasko – come le dicevo, non c'è nulla di interessante in queste carte. Nulla di quanto non conoscessi già"


Fuori, la giornata si faceva tiepida, anche se il cielo continuava ad incupire e a minacciare pioggia.

Fermò un taxi all'altezza del Parlamento.

Disse frettolosamente l'indirizzo all'autista e si lasciò cadere sul sedile posteriore.

Estrasse dalla tasca dell'impermeabile il foglietto gualcito su cui aveva annotato i suoi appunti. Geri era originaria di Shumen, e lì era probabile che vivesse ancora qualche suo parente.

Distante gli arrivava la voce del tassista. Ce l'aveva col traffico, coi lavori in centro, con il costo della vita e con le pensioni basse. Di sottofondo, la radio trasmetteva una canzone dolce, una voce femminile che suonava malinconica ed ironica allo stesso tempo. Una canzone francese, del suo più remoto passato, quando le canzoni che arrivavano dall'occidente erano sempre attuali, anche dopo vent'anni.

Afferrò alcune parole, e continuò a canticchiarle lungo tutto il percorso, fino ad imprimersele quasi ossessivamente nella testa: *c'etait l'été evidemment, et j'ai compté en le voyant mes nuits d'automne*, diceva la cantante, invaghita di un ragazzo più giovane di lei, e *pendant qu'il se rhabillait, dejà vaincue je retrouvais ma solitude*.

Poi, le parole sparirono, e la mente continuò da sola a ripetere il motivo, senza più interruzione, senza più fine.

Si ritrovò di nuovo di fronte alla sua vecchia abitazione. Quello era l'indirizzo che aveva dato, sovrappensiero, al tassista. Percorse mentalmente le scale che lo dividevano da quel focolare perduto. Poi, si decise a salire.

Ogni gradino era una montagna da superare. Alla fine, si trovò davanti alla porta, senza sapere più cosa fare e dove andare.


Sapeva che sua moglie trascorreva buona parte della giornata al telefono. Capace di discorrere del nulla, e di ripetere alla noia gli stessi concetti, forse per essere sicura lei per prima di averne afferrato il senso.

Suo figlio, al contrario, era un ragazzo alquanto riservato e taciturno, ed aveva trovato il mezzo ideale per comunicare con il mondo in un pc con collegamento internet sufficientemente veloce.

Niente, lo sapeva, avrebbe potuto mutare la quotidianità di quel piccolo rifugio. Nella casa di Sveta Troitza, la vita scorreva monotona, il telefono occupato ed il pc connesso.


Entrando, la temperatura interna risultava insopportabile.

"Fa caldo qui dentro. Non si possono abbassare i termosifoni?", chiese ad alta voce, sapendo già che non avrebbe ricevuto risposta alcuna. Sentiva, infatti, la voce di Milena descrivere ad un'amica immaginari problemi di salute, mentre dalla camera di Lubomir arrivava il rapido ticchettio sulla tastiera.

Non importava. Si diresse, senza neppure cambiarsi d'abito, verso la camera da letto di Milena, che un tempo era stata anche la sua. Sotto il letto, in un paio di casse, erano stati riposti degli oggetti che egli aveva lasciato quando era improvvisamente partito. Sapeva che vi dovevano essere anche alcuni vecchi dischi in vinile.

Procedette come aveva poco prima proceduto nell'archivio universitario. Qui, però, ogni cassa si apriva su un abisso di memorie che il tempo aveva lentamente colmato. Anche le cose più insignificanti, un ritaglio di giornale come una pedina in plastica di un gioco da tavolo, riconducevano al fondo di quell'abisso. In cui

Vasko presto si sarebbe perso, se Milena provvidenzialmente non fosse arrivata in camera, al termine della conversazione, per riporre il telefono.

"Che cerchi?", gli chiese con un profondo sospiro. Niente di personale, lo sapeva Vasko, le pesava la vita e vedeva nelle cose del mondo solo dei fastidiosi ostacoli alla sua tranquillità.

"Una canzone" rispose vago.

"Non sono più lì i tuoi dischi"

"No?"

"Qualcuno lo puoi ancora trovare in camera di Lubcko, se gli piaceva se lo sarà tenuto"

"Li hai buttati via?"

"Che volevi che facessi? Che tenessi a vita le tue reliquie per la casa?"

Vasko si alzò contrariato.

"Come faceva?" gli chiese, più accondiscendente.

"Cosa?"

"La canzone, come faceva?"

"Che vuoi, che te la canti?"

"Perché no?"

"Dai", ma mentalmente cominciò ad intonarla e, con inattesa naturalezza, gli affiorarono alle labbra le prime parole della canzone, e si accorse di aver ritrovato il titolo. "*Il venait d'avoir* ... , chi era?"

"Dalida, l'hai sempre amata", rispose Milena, ed aveva ripreso quella sua aria scocciata, come se la rapida soluzione della cosa le avesse tolto ogni ulteriore prospettiva di distrazione nella giornata.

Dalida. Come aveva potuto dimenticare?

Fissò ancora per un istante la porta chiusa, immaginando tutta la vita che, a suo modo, vi scorreva dietro, le conversazioni infinite della solitudine e gli ultimi residui di un'adolescenza introversa.

Sperando che nessuno l'avesse visto, discese rapidamente le scale e fu di nuovo in strada.

# III

Dimenticare. Aveva dimenticato molte, troppe cose. Un procedimento di rimozione che era cominciato dalle marche di sigarette e dentifrici, ed era arrivato ai nomi e ai volti di persone un tempo amiche e vicine.

Ma era stato così per molti, quelli che erano partiti e quelli che erano rimasti.

Rigirava ora fra le mani una foto. Era con un amico dei tempi di infanzia, un certo Dimitar di cui non aveva poi più avuto notizie. La foto era stata scattata nei giardini davanti al Teatro Nazionale. Avranno avuto vent'anni.

Dallo stesso punto di osservazione, poteva sembrare che nulla fosse cambiato. Fissava l'edificio dalla medesima prospettiva, eppure il gioco non funzionava. Qualcosa, nell'immagine stampata, dava conto non solo del semplice, ovvio passaggio del tempo. Le colonne erano lì, il carro trainato dalla vittoria alata, Apollo e le Muse sul frontone, il tetto neo-barocco.

La luce era diversa. E non era un problema di stampa sbiadita. La luce era diversa ora da allora. Come se allora lo spazio fosse stato costantemente occupato per intero dalla luce, senza vuoti, senza ombre.

Non pensava più alla foto, adesso, ma riviveva la stessa immagine nella memoria, e la luce che circondava lui, Dimitar ed il teatro nazionale Ivan Vazov era assoluta, come in un perenne mezzogiorno di fine giugno. Ed era così per ogni immagine che ora riusciva a riportare in superficie dal passato: ogni immagine, anche se si riferiva ad interni, anche se avrebbe dovuto essere collocata in tempo di notte, era avvolta dalla luce, unica per intensità, priva di variazioni e sfumature.

Si concesse ora di osservare i vecchi che ovunque giocavano a scacchi nei giardini. Nessuno di loro giocava per soldi. Gente ignota l'una all'altra, che si incontrava e si confrontava giusto il tempo di una partita, per poi salutarsi e riprendere ciascuno la propria via.

"Sa qual è il bello degli scacchi?", gli fece un uomo che si era fermato accanto a lui, come lui ad osservare una partita. Vasko lo guardò, cercando di capire se lo avesse già visto prima. "Che si può simulare, proseguì l'altro, l'avversario si difende dal cavallo e non si accorge che nel frattempo è stato messo in scacco dall'alfiere. Fai una serie di mosse apparentemente innocue, ma una di esse, non la prima né l'ultima, è quella micidiale. Vuole …?"

Solo ora Vasko si accorse che l'uomo aveva sotto il braccio una scacchiera.

"Perché no?" rispose, "cercherò di guardarmi dall'alfiere", disse ridendo. E presero posto su una panchina lungo la fontana.

La partita iniziò stancamente, con i pedoni che si muovevano in linea per consentire all'artiglieria pesante di fare qualche incursione in avanti.

Poi si fece più interessante, con perdite su entrambi i fronti, anche se la soluzione sembrava alquanto lontana.

Ad un tratto, Vasko si accorse che la torre avversaria era rimasta scoperta, facile preda del suo cavallo. Ci pensò un attimo, perché si esponeva in tal modo ad essere a sua volta vittima dell'altro cavallo.

Procedette, però, poco esperto del gioco, reputando che una torre valesse bene il sacrificio.

Incredibilmente, l'altro non si avvide dell'occasione che gli si era presentata, e mosse in avanti un pedone a lato del cavallo.

Vasko, preso dall'entusiasmo, fece ciò che avrebbe dovuto fare il suo avversario e mangiò il cavallo con il cavallo.

Solo allora si accorse di avere, in tal modo, liberato l'alfiere nemico, che si andò a sistemare dove in principio vi era la torre.

"Glielo avevo detto, amico mio, che il suo punto debole era l'alfiere", disse l'uomo nell'annunciare scacco matto.

Vasko fissò con rabbia la scacchiera.

"Vuole la rivincita?", chiese l'altro.

"La ringrazio, purtroppo devo andare. E' stato comunque un piacere giocare con lei"

"Piacere? Non menta! Semmai istruttivo. Non pensava che l'avrei fatto"

"Fatto cosa?"

"Che avrei usato l'alfiere. Le sembrava troppo scontato, banale, e non gli ha prestato la giusta attenzione"

"Capita"

L'uomo sorrise e si rimise la scacchiera sotto il braccio.


La sede degli uffici di polizia sul viale Maria Luisa era stata ristrutturata da poco. Aveva preso appuntamento con Ivanov per le undici ed era leggermente in anticipo.

Salì le scale lentamente, sforzandosi di immaginare come quegli stessi locali sarebbero dovuti apparire solo vent'anni prima. Le stesse persone, probabilmente, avrebbero fatto le stesse, indolenti domande. Solo, allora, si sarebbe stati forse più cauti nelle risposte.

Raggiunse l'ufficio di Ivanov il quale da dietro la porta a vetri lo vide e gli fece cenno di entrare.

La stanza era angusta, e non eccessivamente luminosa. Alle pareti vi erano dei diplomi in cornice, una foto dell'ispettore ad una premiazione, una lavagnetta bianca con degli appunti scritti a pennarello; tre armadietti contenevano confusamente libri, fascicoli e riviste e su uno scaffale, un po' nascosto, un trofeo conquistato in una competizione sciistica; sulla scrivania una lampada bassa, dal paralume in vetro verde, proiettava la sua luce sulla foto segnaletica di un uomo, e una pila di carte restava poco distante nell'ombra.

Ivanov stava al telefono senza parlare e, di tanto in tanto, emetteva monosillabi. Diceva "*da*" e diceva "*ne*" anticipando il suo pensiero con il movimento della testa: dall'alto verso il basso per dire no, e da destra verso sinistra per dire sì, come si usa in Bulgaria.

Siccome Vasko era rimasto in piedi, Ivanov gli indicò una sedia sulla quale erano impilate altre carte, facendogli poi segno di spostarle sulla scrivania o per terra, dove preferiva.

Bruscamente interruppe la conversazione, infilando in sequenza tre parole, *dobre haide dovishdane* - che suonano un po' come *bene allora arrivederci* - e che non dovettero lasciare tempo di replica al suo interlocutore, vista la rapidità con cui attaccò il ricevitore.

"Sapevo che l'avrei rivista", disse quindi a Vasko, "la memoria le è tornata?"

"Sto facendo un grosso sforzo"

"Posso immaginare. Da queste parti andiamo avanti per rimozioni successive. Ogni volta che si ricomincia, è meglio avere la mente sgombra da fastidiosi ricordi. Non è quasi mai opportuno sapere cosa facesse il tuo vicino di casa nella sua precedente vita. E' per questo che uso dei promemoria", e indicò un piccolo fermacarte d'argento a forma di elefante. "Li guardo, penso alla loro memoria prodigiosa, e mi sforzo di tenere tutto a mente"

"E' strano. Pensavo di aver lasciato per via solo dei particolari, invece mi accorgo di aver perso completamente il filo: mi mancano giusto i passaggi fondamentali, mi tornano alla memoria solo immagini insignificanti"

35

"Insomma, è venuto qui in cerca d'aiuto?"

"Poniamo la questione in questi termini, ispettore. Giochiamo a carte scoperte. Io le dico quello che ricordo, lei mi dice quello che sa"

"Può essere un compromesso accettabile"

"Bene"

"Allora? Cominci"

"Là sotto, nel parco, c'era una giovane studentessa di letteratura e lingua slava, tale Georgana Dimovska. Nell'ottobre dell'ottantanove lavorava anche lei per la *sigurnost*. La sua morte fu del tutto accidentale"

"Dimovska?" chiese, e corrugò la fronte, tradendo una certa sorpresa.

"Non ricordavo il cognome, forse non l'ho mai saputo. Ma sono sicuro che si tratti di lei", e tirò fuori dalla tasca la foto prelevata dal dossier universitario.

Ivanov annuì, ma Vasko notò il turbamento sul suo volto.

"E' tutto?", domandò infine, schiarendosi la voce.

"Se non ricordo male, partì un colpo accidentale durante un'esercitazione"

"Chi c'era? Lei e chi altri?"

"Eravamo tre o quattro di noi, forse cinque, ma pretenderebbe troppo se mi chiedesse i nomi. Sono passati molti anni e spesso non ci si conosceva l'uno con l'altro"

"L'operazione era questa?" e mostrò una cartellina color marrone con su impresso la lettera B e il numero 5.

Vasko prese la cartellina e cominciò a sfogliare gli incartamenti. Sul primo foglio c'era scritto Славянска дружба, all'incirca *fratellanza slava*, che sembrava essere il nome dell'operazione.

"C'è anche lei, là dentro, lo sa?" insistette Ivanov.

"Ispettore, sappiamo benissimo che all'epoca molti giovani studenti venivano avvicinati per fare da informatori. Sarà capitato anche a me"

"Non tutti partecipavano ad operazioni sotto copertura"

Vasko continuava a leggere in silenzio il contenuto del rapporto, redatto il 21 ottobre 1989. In realtà, tutti i partecipanti all'operazione apparivano con dei nomi di copertura, e la sigla in calce al rapporto era riconducibile a khan Krum.

"Molto interessante, ma che significa tutto ciò? Dove legge il mio nome?"

"Permette?", fece Ivanov, chiedendo di passargli il fascicolo. Lo sfogliò e ne estrasse la fotocopia di un telegramma in russo, che passò a Vasko. Mittente e destinatario erano coperti da omissis, ma il testo indicava chiaramente l'identità di khan Tervel.

"Singolare davvero, non trova? Qualcuno aveva deciso di bruciarla, e di passare la sua identità ai Russi. A quel che sembra, deve la vita al crollo dell'Unione Sovietica"

"E' così che è arrivato a me, dunque"

"Già"

"Ma come è arrivato a questo fascicolo? Trova un cadavere, e le viene in mente di ripescare i rapporti del KDS dell'ottantanove? E poi, qui dentro non c'è nulla che sia riconducibile al ritrovamento"

"Deve avere ancora dei nemici, qui, mio caro amico. Contemporaneamente al ritrovamento della fossa e del cadavere è giunta al Comando una telefonata anonima. Forniva con assoluta precisione i riferimenti del fascicolo che ha ora tra le mani. Certo, il linguaggio criptico con cui facevate quei rapporti serviva proprio a non far capire di cosa si stava parlando, ma lì sotto c'è il suo nome, e tanto basta. Adesso, ricorda o non ricorda, deve essere lei ad aiutarmi a risolvere il caso"

"Ma lei non ha niente che possa coinvolgermi. Una telefonata anonima … e cosa prova tutto ciò?"

"Niente, ha ragione. Ha perfettamente ragione", ripeté lentamente e scandendo le ultime sillabe. "E questa … Georgana Dimovska? Partecipò anche lei all'operazione?"

*Stella rossa.*

Lesse di sfuggita un nome fra gli altri dal dossier, come gli altri in codice. "Stella rossa. Era lei. Si dice che è caduta nel bosco", ammise.

Vasko richiuse nervosamente il fascicolo che stava guardando. Non riuscì a nascondere un moto di stizza.

*Rivide una mano armeggiare sul silenziatore di una PB. Una figura femminile stava tra gli alberi, come in posa per una foto.*

38

"Glielo ho detto e glielo ripeto. Purtroppo fu una fatalità, un tragico errore. L'arma doveva essere caricata a salve e invece un colpo partì davvero"

"Quindi mi conferma che la ragazza faceva parte del gruppo?"

*La figura femminile gli veniva incontro, senza paura.*

"In un certo senso. Era la vittima ...", sospirò Vasko, consapevole che spiegare una tale definizione non sarebbe stato agevole.

Ivanov, difatti, restava a guardarlo in attesa di chiarimenti.

"Ispettore, ricorderà quegli anni di transizione, quando i regimi al di qua della cortina vacillavano. Il crollo era imminente, ma l'Unione Sovietica cercava comunque di mantenere il controllo della situazione o, quantomeno, di far sì che il passaggio di mano non la escludesse del tutto, inserendo propri uomini all'interno delle strutture presenti nei paesi satelliti. Anche i servizi segreti rispondevano a questa logica, ed alcuni nostri agenti erano stati avvicinati dai Russi affinché passassero loro informazioni riservate"

"Georgana era una di questi? E' per questo che fu fatta fuori? Faceva il doppio gioco?"

"Non fu fatta fuori", protestò, forse con eccesiva veemenza. "Ripeto: la sua morte fu del tutto accidentale"

Ivanov riprese fra le mani il fascicolo e cominciò a cercarvi qualcosa. Dentro c'erano solo dei nomi in codice con i relativi profili, oltre a un breve, criptico comunicato relativo all'operazione. Qualcosa, tuttavia, era riuscito a ricostruire. Come l'identità di *Stella rossa* o quella di *khan Tervel*, che ora sedeva di fronte a lui.

"Allora, *Stella Rossa* era la vittima predestinata, ma allo stesso tempo la sua morte fu un errore ..."

*Vide mani esperte sostituire il silenziatore della PB, con rapidità. Solo uno scatto, attutito e lieve, come la bruma che avvolgeva i rami senza nasconderli alla vista.*

"E' così"

"Mladenov, in questo modo non mi è di grande aiuto, capirà bene"

*Ben visibile, da una trentina di metri l'arma si sollevò a livello di tiro. Il bersaglio aveva occhi grandi da cui traspariva timore privo di paura.*

Vasko sospirò. "Era l'unico modo per salvarle la vita. Scherzo del destino"

Ivanov cominciò a capire. Corrugò la fronte e fissò lo sguardo su di lui. "Faceva il triplo gioco?"

"Se vogliamo definirlo così. I Russi non erano così stupidi, e qualche dubbio cominciarono ad averlo. Farla sparire, ad un certo punto, diventava l'unico modo per salvarla"

*Il bersaglio restava lì, immobile, davanti alla canna della PB, a una trentina di metri scarsi.*

*Un botto secco rieccheggiò nel bosco e dagli alberi mezzi spogli si alzò in volo un uccello lanciando alte grida.*

"Come fa ad essere sicuro che la ragazza fu sepolta proprio lì?"

"Dove altro? La fossa l'ha vista anche lei"

Ivanov rimase a fissare con aria dubbiosa un punto al di là della spalla di Vasko.

40

*Subito dopo un secondo colpo, stavolta senza suono, partì nella stessa direzione, là dove prima stava ritta, in attesa, la giovane figura di donna. Leggermente verso il basso, così da incontrare il terreno lì dove aveva interrotto la sua corsa il primo colpo, e dove ora giaceva immobile il bersaglio.*

"La responsabilità, proseguì Vasko, come risvegliandosi da un sogno, sarebbe stata nostra. I Russi avrebbero dovuto credere che noi, accortici del tradimento di Georgana, avevamo deciso di eliminarla. All'operazione fu fatto partecipare anche un nostro agente che sapevamo essere informatore dei Russi. In questo modo, egli avrebbe riferito che Georgana Dimovska era stata eliminata"

Seguì il silenzio. "Insomma, questo è tutto?", chiese Ivanov.

"E' tutto. E non mi sembra un granché"

"Non lo è, purtroppo, non lo è. Lei è l'unico che abbiamo identificato, se escludiamo la Dimovska"

"Bene, penso allora di averle dato delle informazioni molto importanti"

"Perché hanno aperto quella tomba, Mladenov?"

"Davvero non saprei, ispettore, mi creda per una volta"

Ivanov lo fissava, cercando di capire se mentiva. Ma non riuscì a cogliere alcun segno che lo tradisse.

"Vuole lavorare per me?", propose a questo punto.

"Che ci guadagno?"

"Niente, ma penso non abbia scelta"

Vasko rimase in silenzio per alcuni interminabili secondi; fra le dita rigirava una matita. "Cosa dovrei fare?", chiese alla fine.

"Trovare gli altri. Uno di loro ha probabilmente la soluzione"

"Lei ha uomini, ha mezzi. Perché vuole me?"

"Mladenov, lei ha conosciuto questi uomini, anche se ora dice di non ricordarli. E scommetto che non le è del tutto indifferente che qualcuno abbia scoperchiato, dopo tanti anni, questa vicenda. O sbaglio?"

Vasko teneva lo sguardo basso, senza rispondere. L'ispettore non sbagliava.

"E da dove dovrei cominciare?", chiese.

"Da qui, disse Ivanov, porgendogli la cartellina contrassegnata dalla lettera B e dal numero 5, e sono sicuro che, a rileggere queste informazioni in codice, la memoria le tornerà"

Vasko scosse il capo, poco convinto. Ma tese la mano e prese il fascicolo.

# IV

Borko gli camminava accanto. Gli dava l'idea di un cagnolino fedele, e non aveva ancora capito se Ivanov glielo avesse messo dietro per fornirgli un aiuto o per sorvegliarlo.

Era giovane, sui venticinque anni. Avanzava dondolando leggermente le spalle ed indossava un giubbottino di pelle marrone, come aveva visto in qualche telefilm americano anni settanta. Sembrava avere una gran voglia di fare ed aveva mandato giù a memoria tutto il contenuto del rapporto.

Si erano dati appuntamento alla stazione dei pullman, per poi partire assieme con l'auto privata di Borko. Si fecero largo tra bagagli e viaggiatori in attesa e raggiunsero un bar. Gli ambienti erano nuovi e spaziosi. Il complesso dava l'idea di un piccolo aeroporto, con le destinazioni e i terminal dislocati lungo l'ampia curva della struttura a semicerchio.

"Da quanto tempo sei in polizia?" chiese Vasko al suo giovane accompagnatore.

"Da quasi un anno, ma questa è la mia prima missione"

Non nascose la sua irritazione. Gli avevano messo uno alle calcagne, e si trattava pure di un ragazzino inesperto.

L'altro non lo notò. Aveva ordinato una coca con ghiaccio e beveva a lunghi sorsi chino sulla cannuccia.

"E tu? Che fai in Italia?"

"Niente di così eccitante. Mi occupo di traduzioni, soprattutto dal russo"

"Conosci il russo?"

"Ai miei tempi tutti studiavano il russo"

"Dico, lo conosci tanto bene da fare il traduttore"

"Beh, l'ho continuato a studiare anche dopo la scuola. All'Università ho studiato lingua e cultura slava"

"Ah, ecco. E hai famiglia laggiù?"

"No, amici … qualcuno"

"Capisco" disse Borko lasciando cadere l'argomento che, dal tono della risposta, capì non essere molto gradito. Poi, per sdrammatizzare concluse: "sai, siamo una coppia, ora, dobbiamo conoscere tutto l'uno dell'altro", e rise. Rise pure Vasko, con condiscendenza.

"Ieri sera rileggevo il rapporto, sai, e mi sono fatto un'idea, anche da quello che mi hai detto tu"

"Sentiamo"

"Io penso che nel gruppo qualcuno voleva davvero uccidere Georgana, e l'ha fatto"

"Mi sembra una fantasia. Non c'è motivo. Georgana lavorava per noi, passava ai Russi notizie insignificanti e rassicuranti, e a noi le informazioni che apprendeva dall'Unione Sovietica"

"Se ci fosse stato qualche infiltrato russo nel vostro gruppo? Per esempio quell'Asparuh"

"Perché proprio Asparuh?"

"Beh, penso che all'origine dei nomi in codice ci sia una qualche ragione. Si sa che Khan Asparuh attraversò il Dnepr e il Dnestr per fondare la Bulgaria, e che quindi è probabile venisse dalla Russia"

Vasko restò allibito. Cercò di capire ad occhio se quel ragazzetto fosse troppo intelligente o estremamente stupido. Poi concluse sbrigativamente, perché bisognava pure giungere ad una conclusione, che Borko era troppo scolastico per denotare un sincero acume, ma non volle offenderlo: "Interessante congettura, ma temo che le cose siano state molto più banali, tragicamente banali, di quanto si possa credere"

"Ti è dispiaciuto per la ragazza?"

"Pensi che faccia piacere veder morire una persona?"

"Certo che no, ma non intendevo questo. Dal rapporto"

"Basta con questo rapporto!", sbottò Vasko. "Penso che tu stia dando troppa importanza alle farneticazioni contenute in quel pezzo di carta. Ma hai visto come diavolo è scritto? Secondo te una cosa del genere può essere chiamato rapporto?"

"Ma perché te la prendi tanto? In fondo è l'unica cosa che abbiamo, l'unica cosa su cui possiamo metterci a lavorare"

Vasko si alzò con evidente insofferenza, e si diresse verso l'edicola. Tornò dopo poco e, camminando, sfogliava le pagine del quotidiano *Trud*.

"Con questa inflazione, disse Vasko ripiegando il giornale, a commento di quanto appena letto, non so davvero come la gente, con una pensione di cento euro, possa arrivare a fine mese"

"Infatti, non ci arriva", gli rispose Borko, e gli porse il bagaglio.

La macchina di Borko, una vecchia Lancia Delta II serie color verde smeraldo, li attendeva nel parcheggio della stazione. Non si trattava di una missione ufficiale, e non avevano a disposizione una vettura di servizio. Ci si doveva arrangiare, almeno per il momento.

Vasko chiese di potersi riposare un po' e prese posto sul sedile posteriore. Come Borko uscì da Sofia in direzione Shumen, cominciò a sfogliare distrattamente il quotidiano, ma senza riuscire davvero a concentrarsi. Quel che era successo nell'ultima settimana lo aveva costretto a ripercorrere periodi della sua vita che pensava di aver archiviato per sempre.

Era stata anche l'occasione per ripensare a sua moglie e a quel ragazzo, mai conosciuto e già troppo cresciuto. Essi erano oramai estranei, distanti. La vita aveva concesso loro di trascorrere del tempo insieme, un tempo nel quale erano stati inseparabili, e nel quale avevano avuto modo di credere che tali sarebbero rimasti per sempre. Avevano fatto progetti, come tutti i giovani sposi, e come tutti i giovani sposi avevano proiettato quei progetti su un piano infinito. Poi, la storia aveva travolto i loro fragili piani.

Fecero sosta a Stara Zagora. In realtà, si fermarono all'ingresso della città, lungo la strada, davanti ad un locale che grigliava *kebabche* e *kyufte* ed offriva *airan* a un lev. Alcune panche in legno sotto gli ombrelloni dovevano, in estate, rendere più piacevole l'attesa.

"Amo le insalate, disse Vasko, questa roba di carne la trovo pesante", ma Borko aveva già provveduto e tornava dal bancone con due panini ripieni di polpettine speziate. Glieli piazzò entrambi in mano e gli chiese cosa volesse da bere.

"L'*airan* andrà bene". E Borko si immerse di nuovo fra la folla per acquistare le bottigliette di yogurt allungato con l'acqua.

Bisognava ammettere che i *kyufte* erano davvero gustosi. Vasko aveva perso l'abitudine ai sapori della propria terra, ma tornava rapidamente ad apprezzarli.

Giusto il tempo di un veloce passaggio dal bagno, e di sgranchirsi un po' le gambe, e si rimisero in viaggio.


"Quando pensi di andare a far visita alla vecchia?"

"Appena arrivati"

"Di già? Non sarà tardi?"

"Ci toccherà disturbarla"

La vecchia era la signora Dimovska. Non si era mai mossa da Shumen e abitava ancora nella vecchia casa, un parallelepipedo di cemento con un piccolo orticello sul retro nella zona occidentale della città, non lontano dalla moschea. Borko non aveva faticato troppo a trovare il suo indirizzo.

Quando Vasko e Borko arrivarono, lei sembrava attenderli, ritta sull'uscio di casa con un pugno sul fianco e un grembiule pieno di macchie e di odori di cucina. Guardava lontano, certamente oltre, non i due che le si avvicinavano. Ma sembrò davvero che li stesse aspettando, anche perché non fu affatto meravigliata che essi chiedessero di lei. Senza dire una parola, fece un mezzo giro su se stessa e con la mano indicò loro l'ingresso.

"Avete fatto tutta questa strada per Geri? Davvero?". La donna aveva aperto una scatola di biscotti e insisteva affinché si servissero. Vasko notò il contrasto fra un volto abbastanza curato e mani gonfie e ruvide da contadina.

"Eravamo compagni all'università", disse Vasko. "Io, come tanti altri, sono andato a vivere fuori, lontano dalla Bulgaria. Con l'occasione di questo viaggio abbiamo riallacciato molti rapporti con amici che credevamo di aver perduto. L'amministrazione universitaria è stata molto gentile a fornirci gli indirizzi di tutti quelli del nostro corso. E' chiaro, spesso troviamo case abbandonate o nuovi inquilini"

"E qui avete trovato me", sorrise civettuola la anziana signora.

"Già"

"E' tanto, troppo tempo che non la sento", continuò Anida Dimovska.

"Anche Geri si è trasferita all'estero?"

"Sì, all'estero. Ma sembra che sia sempre in giro. Non l'ho capito mica di che si occupa"

Borko si agitò sulla sedia. Qualcosa evidentemente gli sfuggiva. Vasko gli fece cenno di stare tranquillo.

"Mi manda cartoline, lettere – proseguì la donna – ogni volta da un posto diverso"

"Per telefono la sente?"

"No, non ultimamente, almeno"

"Quando l'avrebbe sentita l'ultima volta?"

"Eh, saranno passati già alcuni mesi", e sospirò, come una mamma sospira pensando ad una figlia un po' ribelle.

"Posso … potrei vedere qualche sua lettera"

"Certo, disse Anida, felicemente ingenua come ogni mamma cui venga chiesto di parlare della figlia, venite", e li accompagnò in quella che era stata la stanza di Geri. Poco era rimasto delle sue cose, le esigenze di spazio avevano avuto la meglio sulla nostalgia del ricordo. Ma era rimasto qualche segno di lei, una parte per il tutto, a garanzia del fatto che, seppur lontana, quella restava sempre casa sua.

Vasko si muoveva fra quelle reliquie come sulla scena di un crimine, facendo attenzione a non contaminare i reperti con le sue impronte.

Anida prese un album fotografico. "Ecco, disse, queste sono le sue foto dei tempi dell'Università. Come era bella la mia piccola"

Vasko le si era avvicinato e fingeva di mostrare interesse.

"Ed ecco alcune cartoline. E' stata in Russia, in Cina, in Kazakhistan. Ecco, anche a Cuba"

In effetti, Geri non era stata molto prodiga nell'invio di sue notizie. Era tutto un banale susseguirsi di "tutto bene", "baci" e "saluti affettuosi". Le cartoline erano conservate con uno spago all'interno di una scatola, dove vi erano altre lettere e cartoline.

"Queste altre non sono sue?", chiese Vasko.

"No" disse con evidente rammarico la donna. "Lo so, non si è comportata molto bene con la sua mamma", proseguì, quasi a scusarsi.

Vasko riuscì giusto a notare che alcune delle buste erano ancora sigillate, prima che Anida richiudesse la scatola. Cercò un pretesto per trattenersi ancora in quella stanza.

Parte della libreria era occupata da dischi. "Dischi in vinile, esclamò, avevano un fascino tutto particolare. E' difficile trovarne una collezione così vasta oramai"

"Già, Geri ama la musica"

"Anch'io avevo una bella raccolta, ma … c'è un giradischi funzionante?"

"Quello lì dovrebbe funzionare, sì", rispose perplessa la signora Dimovska, indicando un apparecchio su un tavolino a fianco al divano.

Vasko estrasse un disco a 33 giri dalla sua custodia e lo posizionò sul piatto. Consultò rapidamente la lista delle canzoni. Ci mise poco a capire come accendere il giradischi, e portò la puntina sulla traccia

50

voluta, con cura e delicatezza. La puntina fece un leggero sussulto, che l'amplificatore riprodusse con una specie di colpo sordo. Poi, dopo una breve attesa riempita dai fruscii dei solchi, attaccò la musica.

Borko rigirava tra le mani la copertina dell'album, ma era evidente che non conosceva né l'autore né la canzone.

Il titolo sembrava banale, meglio sarebbe stato se avesse conservato quello che era stato del libro e poi del film, pensò Vasko. Non afferrava in realtà tutte le parole del testo, ma *le blé en herbe* gli suonava decisamente meglio.

"Non è male" intervenne Borko.

"Non è male? Sai che non l'avevo più sentita da quando avevo lasciato la Bulgaria? Me ne ero addirittura dimenticato. Fa impressione risentire dopo tanti anni qualcosa di così familiare, qualcosa che per un lungo periodo della tua vita sembrava esserti così familiare. Ti crea una sorta di corto circuito mentale, perché sei lì, la ascolti, e non sei che un ragazzo. Ed ora la ascolti di nuovo, come allora, e ti guardi le mani, e non sono più quelle di un ragazzo. E fai fatica a crederlo, fai fatica davvero a credere che sia passato tutto questo tempo, che siano successe altre cose nel frattempo, che la vita sia andata avanti, nonostante tutto"

Borko era rimasto ad ascoltarlo, sinceramente preso dalle sue parole, e nel contempo seguiva la melodia della canzone, come se volesse anch'egli memorizzarla, nella speranza di risentirla un giorno, tra vent'anni, e poter tornare per un istante ai suoi venticinque anni.

51

"E' sconvolgente, lo gelò Vasko, è una sensazione terribile. Ti accorgi in un secondo come la vita non sia stata altro che una breve parentesi scandita da un gesto innocuo come quello di posizionare la puntina su un vecchio disco in vinile"

La signora Dimovska, visto che gli ospiti si erano accomodati e sembravano decisi ad ascoltare per un po' la musica, chiese loro se gradissero qualcosa.

"Per me un caffè, grazie"

"Per me un the, se non è di fastidio"

"Espresso?", domandò la donna.

"No, preferisco alla turca", rispose Vasko.

"Espresso qui è una nozione molto relativa, commentò poi come la vecchia si fu allontanata, preferisco bere il caffè tradizionale, almeno sai come viene"

Poi, si alzò di scatto, mentre Dalida cantava le ultime strofe. "Controlla la porta e dimmi quando sta per arrivare", ordinò al giovane assistente. Afferrò deciso la scatola contenente le cartoline e la aprì. Dalla cucina provenivano rumori di tazze che urtavano fra loro.

Scorse velocemente alcune delle buste che l'anziana donna non gli aveva mostrato. Erano per lo più lettere giovanili di Geri, qualche amica del cuore che le scriveva ai tempi della scuola, qualche primo amore acerbo, che si firmava con i cuoricini e le stelline. Dalla cucina si avvicinavano rapidi dei passi. Borko fu pronto, le si fece incontro, "le volevo chiedere se fosse possibile avere un po' di latte nel the", chiese fermandola nel corridoio. "Ma certo, rispose la donna leggermente rammaricata, che sbadata, glielo avrei dovuto chiedere io stessa", e si diresse nuovamente alla cucina.

"Bravo, buon lavoro" gli fece Vasko, senza distogliere lo sguardo dalle lettere. Ve ne erano alcune che invece erano dirette ad Anida Dimovska, e provenivano da un certo Grisha, che non si capiva se fosse il marito oppure un amante. E, infine, c'erano quelle ancora chiuse.

"Occorre che ti sbrighi, fra un po' sarà pronto il rinfresco"

"E tu intrattienila ancora, sembra che te la cavi niente male"

In cucina, effettivamente, si sentì la base della caffettiera cozzare contro il fornello e le tazze posarsi sul vassoio.

Erano tutte dirette a Geri, probabilmente la madre le aveva conservate così come erano arrivate, nell'attesa del suo ritorno.

"Bisognerà pure aprirne qualcuna", fece Vasko.

I cucchiaini tintinnavano sui piattini mentre Anida giungeva facendo oscillare leggermente il vassoio.

Borko colse l'attimo giusto, girandosi di scatto dalla soglia verso il corridoio. La povera donna non riuscì a mantenere l'equilibrio. Il vassoio rovinò in terra con tutto il suo contenuto.

"Sono mortificato, pigolava Borko, sono davvero mortificato, non so come son potuto essere così sbadato", e si era chinato a raccogliere i pezzi, "se mi porta uno straccio pulisco tutto io"

La donna ripeteva, senza convinzione, "non è niente, non si preoccupi, succede"

Vasko aprì rapidamente una prima lettera. Risaliva al novantasei. Il tono era amichevole, ma nulla di più. Si parlava di un noto fatto di cronaca, l'assassinio dell'ex premier Lukanov, con commenti vaghi e generici. Si faceva il nome di Pavlov, e si accennava alla discussione che i due avevano avuto a Mosca qualche giorno prima dell'omicidio. Non si diceva apertamente, ma era chiaro che chi scriveva riteneva molto probabile che il mandante di quel delitto fosse proprio Pavlov. La lettera terminava con un'informazione, e non era chiaro se fosse data per mera curiosità o per specifico proposito. Un certo Todor stava lavorando per la "Multigroup". La lettera era firmata semplicemente Bojko.

Si affacciò nel corridoio, giusto per farsi vedere. "Boris, sei davvero maldestro. Abbiamo portato solo danni in questa casa"

"Non fa niente, non fa niente, continuava a ripetere la vecchia mentre raccoglieva da terra le schegge, mi fa comunque piacere che siate venuti. Non capita spesso che possa parlare di Geri con qualcuno dei suoi amici"

Vasko, assicuratosi della situazione, tornò dentro. La seconda lettera era più recente. Recava un timbro postale del 2002, la grafia era la stessa.

Nonostante le lettere di Bojko non venissero aperte, sembrava comunque che esse contenessero risposte a precise domande.

Scriveva di aver verificato la posizione di Venelin e di Emil, e che entrambi godevano ancora ottima salute. Di Emil diceva che si era trasferito a Sozopol. Parlava poi del maltempo e delle piogge che

54

avevano causato grossi problemi dalle sue parti e sperava di poterla incontrare quanto prima.

La povera donna ritornò in cucina con quel che rimaneva delle sue tazzine.

"Sbrigati, insomma, che non posso distruggerle tutto il servizio"

Vasko sorrise fra sé. Il ragazzo cominciava a piacergli.

Ebbe il tempo giusto di aprire l'ultima lettera, mentre in cucina Anida si procurava due nuove tazze e vi versava dentro il caffè ed il the rimasti.

Anton adesso si chiama Sergej Sorokin, diceva la lettera, di poco successiva alla precedente. Sergej Sorokin, puoi immaginare? E, ovviamente, vive a Mosca già dalla caduta del muro. Non ha fatto grossa carriera, l'hanno messo alla sezione immigrazione.

La rilesse un paio di volte, e sottovoce ripeté quei nomi, come volesse imprimerseli bene in testa.

Quando la signora Dimovska, con espressione incerta, si affacciò all'interno della camera di Geri, recando il vassoio con su le tazze, lo zucchero e il latte, la scatola con le lettere era di nuovo al suo posto, e Vasko e Borko sedevano commentando la musica di Dalida.

# V

"Allora? Da quando siamo rientrati non mi hai detto niente"

"Vedi Borko, non è così semplice. Ogni cosa ha bisogno di essere messa a fuoco"

"Perché io, ti dico la verità, adesso ci capisco meno di prima"

Sedevano a un tavolino del bar dell'albergo, un residence con le camere aperte direttamente sul giardino, racchiuso da mura di cinta come fosse una piccola fortezza. D'estate doveva essere piacevole, con la piscina illuminata e la musica in sottofondo.

Vasko prese un tovagliolo di carta ed iniziò a scrivere qualcosa.

"Il primo punto, continuò Borko, è capire chi si è spacciato per Geri in tutti questi anni"

Vasko si fermò un istante e lo guardò, senza sollevare il capo dal tovagliolo. "Che mi sai dire della Multigroup?" gli fece, come se non avesse sentito.

"La Multigroup? Era la società di Iliya Pavlov. Si dice che fu creata grazie a Lukanov con i fondi neri gestiti dal Comitato centrale del Partito Comunista"

"Di che si occupava?"

"Riciclaggio, contrabbando …", rispose Borko ridendo.

Vasko annuì. Non rideva.

"Perché?" chiese allora Borko.

"Facciamo il punto della situazione. Bojko scrive alcune lettere a Geri negli ultimi quindici anni. Geri non le leggerà mai, eppure sembra che i due siano in reciproca corrispondenza. Bojko parla di tutto, commenta fatti di cronaca e aggiorna Geri sulle vicende riguardanti alcuni comuni amici. Sappiamo che c'è un Todor che nel novantasei, al tempo dell'omicidio Lukanov, lavora per la Multigroup"

"Molti ex agenti dei servizi segreti lavorarono per la Multigroup. Era grazie a loro che la società otteneva informazioni riservate che poi utilizzava nelle sue attività economiche"

"Perché dici questo?" Vasko si era fermato, ed ora guardava con interesse il giovane, che si zittì imbarazzato.

"Perché dici così, che c'entrano i servizi segreti?" insistette Vasko.

"Beh … se stanno parlando di qualcuno dei loro … Insomma, è probabile che anche Bojko sia un ex agente, e questo Todor …"

Il volto di Vasko si illuminò. "Vedi Borko, gli indizi sono tutti qui – e indicò la sua testa – mi serve solo qualche aiuto per riportarli alla luce. Ivanov sapeva il fatto suo"

Proprio in quel momento giunse un cameriere ad informare Vasko che qualcuno lo cercava al telefono. Vasko si alzò visibilmente perplesso ed andò a rispondere.

Era la signora Dimovska.

"Ah, fortuna che l'ho trovata. Il caso è davvero molto strano. Circa un'oretta dopo che lei ed il suo giovane amico ve ne eravate andati è venuto un altro vecchio compagno di università di Geri. Le ho detto che lei era in città. Mi è sembrato contento. Gli ho dato il nome dell'albergo, nel caso la volesse raggiungere"

Vasko impietrì. "Le ha lasciato detto come si chiamava?"

"Certamente", fece la donna leggermente risentita, quasi si fosse messa in dubbio la sua diligenza. "Ha detto di chiamarsi Ivan Stojanov"

Vasko non conosceva nessuno con quel nome, ma era difficile credere che il vecchio amico di università avesse fornito le generalità corrette.

"E da quanto tempo è andato via?"

"Sarà una mezzora"

Vasko ringraziò e riattaccò. Rimase per qualche secondo immobile. Respirava piano.

Tornò da Borko, che intanto era stato abbordato da una delle ballerine del locale. Questa gli si era seduta sulle gambe e si muoveva al ritmo della musica. Borko, a sua volta, le teneva una mano sulle ginocchia e con l'altra sorseggiava un cocktail di colore azzurro.

Vasko afferrò per un braccio la ragazza e quasi la scaraventò in terra; poi sollevò dalla sedia Borko tirandolo per la camicia.

"La vecchia, come faceva a sapere dove stiamo? Chi glielo ha detto?" gridava.

"Calmati, calmati"

"Un idiota sei, come diavolo ti hanno preso in servizio?"

"Me lo ha chiesto, in cucina ... mi sembrava una innocua *babushka*"

"Innocua *babushka* col piffero. Vieni! Qui non siamo più al sicuro", e se lo trascinò all'esterno del locale, nel giardino circondato da mura, ed ogni angolo ora gli sembrava una torretta da cui invisibili cecchini potessero colpirli a piacimento.

Girò lo sguardo a 360 gradi, a cogliere ogni minimo segnale di pericolo. Si diressero verso l'uscita, dove anche il guardiano notturno sembrava adesso un nemico, e guadagnarono la strada.

Qualcuno evidentemente li stava aspettando, perché non appena furono fuori, una macchina accese fari e motori dal fondo del viale e prese ad avvicinarsi.

"Cammina veloce, Borko, cammina veloce, cerchiamo di arrivare sulla strada principale", disse Vasko guardando con preoccupazione il muraglione del residence da un lato e il costone di una collina che si ergeva impervio dall'altro.

La macchina accelerò e fu presto dietro di loro. Fecero appena in tempo a gettarsi nella bassa vegetazione dal lato della collina, che alcuni proiettili sibilarono intorno a loro. Videro la macchina passare oltre, arrivare al termine del viale e tornare indietro.

"Cazzo"

Borko era pallido in volto e tremava. Vasko lo costrinse a rialzarsi e a proseguire. Adesso la macchina, una Toyota grigio scuro, veniva loro incontro, sempre più vicino e sempre più veloce. Si scansarono

59

giusto un istante prima di essere travolti. La Toyota sbandò saltando sul marciapiede, poi sterzò fermandosi di traverso sul viale.

Vasko e Borko ne approfittarono per raggiungere rapidamente la strada principale, dove c'era ancora un discreto movimento e le luci accese di qualche locale.

"Era un avvertimento", sibilò Vasko fra i denti.

"Solo? A me sembrava avessero tutta l'intenzione di farci fuori"

"Se avessero voluto, l'avrebbero fatto"

Intanto la Toyota era uscita dal viale e si dirigeva nuovamente verso di loro, stavolta più lentamente.

I due cominciarono a correre, ma l'autovettura li superò senza fermarsi. Poi, arrivata in fondo alla strada fece inversione e li incrociò, sempre a bassa velocità.

Vasko cercò di scorgere il volto del guidatore, ma gli abbaglianti glielo impedirono.

"Va bene, ti stai divertendo. Vediamo dove vuoi arrivare"

Vasko fermò un taxi che passava in quel momento e montò su, costringendo Borko a fare altrettanto.

"Che vuoi fare?"

"Sono stanco di fare la preda. Segua quella macchina", disse poi rivolto all'autista.

A quel punto, la Toyota cominciò di nuovo ad accelerare.

"Deve dire al suo amico di andare un po' più piano, se non vuole seminarci", fece l'autista, che evidentemente aveva capito che fossero in gruppo.

60

"Cerchi lei di non perderlo. Le pago il doppio"

L'autista capì che non si trattava di un gruppo, ma sembrò eccitato all'idea dell'inseguimento.

Si dirigevano verso la zona collinare, percorrendo la strada che conduce al castello. Salendo, una leggera nebbia aveva iniziato a rendere più vaghi i contorni degli alberi. Ad un certo punto, la Toyota era scomparsa alla vista.

"Tranquilli", aveva detto il tassista, "questa strada non ha uscita. Termina al castello e non va oltre"

Poi, sentirono solo un gran botto: la macchina fu sbalzata sulla sinistra, e ci volle tutta la prontezza di riflessi dell'autista per rimanere in carreggiata.

"Da dove diavolo è sbucata questa?" fece giusto in tempo a dire il tassista, prima che un'altra botta da destra si assestasse sulla fiancata.

Un 4 x 4, che probabilmente li attendeva nel bosco, li affiancava e cercava di buttarli fuori strada.

"Che figlio di … Qui ci facciamo male sul serio!"

La strada, a mano a mano che saliva, andava stringendosi. Il taxi era riuscito a guadagnare leggermente terreno ed ora superava di poco il fuoristrada.

"In salita rallentiamo troppo, siamo pesanti" avvertì l'autista, ed infatti subito dopo furono scossi in avanti, tamponati violentemente dal veicolo che li seguiva. La macchina slittò leggermente fuori dal bordo della strada, e si udì un rumore di sassi che rotolavano nella scarpata alla loro sinistra.

Ancora un altro colpo, sempre da dietro, li fece sbandare di nuovo. La fiancata strisciò lungo la corteccia di un albero e la macchina rimbalzò al centro della strada.

Ad un certo punto, il 4 x 4 sembrò rallentare, e le sue luci apparvero sempre più lontane, finché non scomparvero del tutto, inghiottite dal bosco e dalla nebbia.

Erano arrivati in cima. Il taxi si fermò con una brusca sterzata su uno slargo di terra battuta, che si sollevò in una densa nube.

Di scatto l'autista scese e iniziò ad imprecare, sfogando la tensione e la rabbia accumulata. Aprì la porta posteriore ed afferrò Vasko per un braccio, trascinandolo in terra. Fece quindi il giro della vettura, aprì la portiera opposta e scaraventò all'esterno anche Borko, rimasto impietrito. Infine, senza dire altro risalì in macchina, fece una rapida manovra schivando di poco Vasko che ancora giaceva sul selciato, ed imboccò nuovamente la strada che portava in città.

Vasko si alzò scuotendosi la terra dai vestiti. "Si è dimenticato di farci pagare la corsa", osservò.

"Riesci a fare perfino dell'ironia in questi frangenti?"

"Soldi risparmiati per la polizia bulgara, ragazzo mio!"

Borko scosse la testa.

Solo allora ebbero modo di realizzare dove erano finiti. Dalle mura davanti a loro si ergevano delle figure altissime, in cemento, grossolanamente tagliate ma ben distinguibili nei lineamenti. Cavalieri, re e destrieri incombevano dall'alto nel buio.

"Il monumento ai fondatori"

"Già, non è il posto migliore per passare la serata"

La luce dei fari di illuminazione delle gigantesche figure amplificava la nebbia, sfumando i contorni più lontani. La pietra si univa alla pietra; dalla roccia, senza soluzione di continuità, nascevano e si alzavano ad altezze incredibili ciclopiche fiere e spaventosi soldati, immoti condottieri ed austeri sovrani, che sembrava bastasse un loro sbadiglio per spazzare via la collina, la fortezza, e tutta la città di Shumen, che giaceva più in basso, 1300 scalini più giù, ogni scalino a memoria di un anno della storia bulgara, da quando, nel 681 dopo Cristo, khan Asparuh, attraversato il Dnepr e il Dnestr, si stanziò nella Mesia.

"Adesso?" fece Borko.

"Adesso dobbiamo trovare il modo per ritornare giù", rispose Vasko, e già si avviava per i sentieri futuristi che si aprivano tra quei megaliti in cemento. Borko non si decideva e rimaneva lì dove era stato scaricato dal tassista.

"Fa' attenzione a dove metti i piedi che non si vede un tubo, qui", gli gridò, da un distanza sempre maggiore, Vasko.

Tutto a un tratto, uno scricchiolio dall'alto, un rotolio basso di ciottoli, crescente, come preavviso d'un terremoto. Vasko si fermò, immobile, arrestando automaticamente il respiro. Stette in silenzio, in ascolto, ad attendere quel che sarebbe venuto. Ma non venne niente.

"Tutto a posto?" gridò, da dov'era, Borko.

Vasko annuì con un cenno del capo, che rimase ovviamente invisibile, nell'oscurità. Guardava verso l'alto, verso la sommità dell'elmo, verso la nebbia più fitta, lì da dove aveva sentito provenire il rumore. Niente.

Borko si decise, e si avvicinò in fretta, più per non rimanere indietro da solo che per convinzione di andare avanti.

"Che razza di posto, eh?", fece quando l'ebbe raggiunto.

"All'epoca si usava. E sai quanto è costato? Quaranta milioni di dollari"

Borko commentò con un sibilo la sua meraviglia.

All'improvviso, il rumore di prima si ripeté, ma più deciso, più forte.

Alzati gli occhi, fecero appena in tempo a vedere un'enorme massa bianca che precipitava su di loro. Gridarono.

Vasko si sentì spingere con violenza da un lato, cadde, e poi non vide più nulla. Sentì il fracasso della pietra che si infrangeva al suolo, come un tuono vicino, come un colpo secco alla porta, e si portò istintivamente le mani a coprire il volto.

Come riuscì a rialzarsi, cercò Borko nel buio. Non era con lui. E non era al di là del masso caduto. Non voleva chiamarlo, per evitare di svelare la sua posizione, in quanto si trovava sempre sotto tiro.

Sentì gemere dal basso, dalla scarpata esterna al monumento. Cominciò a discendere aggrappandosi ai tronchi degli alberi per non cadere. Borko giaceva supino pochi metri più giù.

"Come va ragazzo?"

Borko girò lentamente la testa verso di lui. "Un altro avvertimento?" disse, mentre si alzava dolorante sulle braccia.

"No, penso proprio che questa volta volessero davvero farci fuori", gli rispose in tono scherzoso, contento che il giovane fosse comunque sano e salvo.

"Cazzo, capo. Devi esserti fatto davvero degli amici quaggiù. Si ricordano ancora di te, dopo tutto questo tempo"

"Già, i veri amici non ti dimenticano mai" disse Vasko, facendosi pensieroso. Poi proseguì "vieni, presto, spostiamoci da qui, non è il posto ideale per fare conversazione". Ed aveva ragione, perché subito dopo un altro pezzo di pietra si staccò dal guerriero e venne giù, rotolando stavolta per la scarpata, a distanza di qualche metro da loro.

"E' peggio che sotto un bombardamento, dannazione"

"Presto, più presto, di là", e fece segno di avanzare nella boscaglia, dove gli arbusti avrebbero fatto loro da riparo.

Lì si fermarono, e restarono in silenzio, cercando di percepire qualche movimento alla sommità della scultura. Vasko socchiudeva gli occhi, accecati dai fari, e dondolava la testa per mettere a fuoco l'immagine.

"Mi è sembrato di vedere qualcosa", fece ad un tratto.

"Cosa, dove?"

"Lì, guarda, proprio tra il braccio e la spada, all'altezza del gomito"

Borko annuì, ma non vedeva nulla. Solo le linee squadrate e sovrapposte dei blocchi di cemento, a formare abbozzi di piedi, gambe, braccia e volti.

"C'è un modo per arrivare lassù?"

"Davvero vuoi salire? Ti romperai l'osso del collo"

Ma Vasko già era partito, risalendo la scarpata in direzione del monumento. Borko lo vide un istante dopo arrampicarsi con agilità insospettabile tra i cubi che rappresentavano i piedi del soldato.

"Pazzo d'un italiano", pensò Borko, che in fondo non considerava Mladenov un connazionale, "si farà male sul serio"

Scalare la statua non era sinceramente agevole, perché erano pochi i punti di appoggio. Vasko puntava le suole di gomma sulla superficie liscia, allargando le gambe e tirandosi su con le braccia, aggrappandosi dove poteva alle sporgenze dei blocchi di cemento.

Si rese conto, quando si trovava quasi al ginocchio del milite, di essere completamente allo scoperto. Vedeva sopra di sé incombere la testa orribile e severa, e sapeva benissimo che, se ora fosse piovuto da lì un altro pezzo di roccia, ben difficilmente avrebbe avuto scampo.

Sentì qualcosa, qualcuno, un movimento a pochi metri sopra di lui. Aggrappato alla parete, tentò di volgere la testa verso l'alto, ma l'inclinazione che riuscì a raggiungere non gli consentì di vedere alcunché.

Superò quel che doveva essere il ginocchio. Ma presto capì che il suo avversario aveva cambiato posizione: un proiettile gli sibilò da presso, andando a rimbalzare contro la parete. Fece appena in tempo a nascondersi, lì dove il soldato presentava una enorme rientranza, come una nicchia scavata nel suo ventre, che un altro paio di colpi andarono a scheggiare la scultura non lontano da lui.

Restò per un tempo indefinito acquattato dov'era. Di tanto in tanto cercava di tirar fuori la testa per vedere dove si era appostato il cecchino, ma veniva costretto dagli spari ad abbassarsi, perché era sotto tiro. Aveva capito, tuttavia, che l'altro doveva aver passato la roccia su cui era addossata la statua e raggiunto, chissà come, un gruppo di sculture adiacenti.

Guardò verso l'alto. Nella nebbia si distingueva una specie di alta bandiera che il guerriero brandiva. Notò che la base dell'asta, fino all'altezza della spalla, era formata da cubi regolari, ciò che avrebbe consentito di restarvi facilmente in piedi e di poter poi da lì raggiungere le altre statue da dove ora partivano gli spari. Studiò rapidamente la disposizione dei blocchi su cui si trovava. L'unica via percorribile per arrivare là sopra sembrava essere quella di tornare al ginocchio, saltare sulla mano destra, e da lì risalire il braccio, la spalla e, passando dietro la testa, ridiscendere sul lato sinistro. Sarebbe stato così più facile anche nascondersi ai colpi.

Tornò velocemente sul piano formato dal ginocchio piegato in avanti. Esitò davanti al vuoto, ma sapeva che non sarebbe potuto restare a lungo allo scoperto. Saltò, e in quel momento partì un altro proiettile che lo mancò di poco. Atterrò sul dorso curvo della mano scolpita, ma perse l'equilibrio e rotolò da un lato. Vide il cemento che gli sfuggiva sotto, mentre cercava disperatamente un qualche appiglio cui agganciarsi. Di colpo si sentì volare via, nel nulla. Poi, ricevette una forte scossa e sentì una fitta al braccio sinistro. La sua mano all'ultimo era riuscita a trovare nella pietra un solco, scavato fra il pollice e l'indice.

Ora Vasko restava sospeso, aggrappato con tutte le sue forze a quel dito gigante. Si sentiva come un fantoccio appeso a un muro, il più facile bersaglio per un bambino al luna park.

E difatti, subito cominciò a sentire colpi di pistola ravvicinati. Tuttavia, sembrava provenissero da un punto molto più vicino a lui, e non dalla parete di fronte, quella da cui era stato bersagliato fino a pochi istanti prima.

Si girò verso le tre statue che lo fissavano dirimpetto, e vide una figura saltar giù agilmente tra le loro gambe mentre qualcuno, posizionato poco sopra di lui, le sparava contro.

La figura guadagnò in breve il terreno e fuggì verso l'uscita del monumento. Qualche altro colpo cercò di raggiungerla, ma senza risultato.

Subito dopo, Vasko si sentì afferrare il polso della mano che oramai cedeva la presa.

"Dammi anche l'altra, presto". Vasko riconobbe la voce di Borko sopra di lui.

Con grande sforzo sollevò il braccio destro. Borko glielo afferrò con l'altra mano e lo tirò su.

"Tu sei tornato per farti uccidere, qui, dì la verità"

Vasko si sdraiò supino sul dorso della mano della enorme statua, e socchiuse gli occhi. Necessitava di qualche istante di riposo. Le facce orribili di quei mostri di pietra lo osservavano dall'alto, mute. Si accorse che quella che aveva considerato una bandiera era in realtà un pastorale, e chi lo sollevava doveva essere un vescovo o qualcosa di simile. Anziano, malfermo sulle sue gambe rocciose, il peso del corpo scaricato tutto sulla mano destra. Cemento su cemento, che tuttavia rendeva un'idea di movimento, di tensione, come se facendo leva su quella mano, dove Vasko giaceva, il vecchio sacerdote tentasse di alzarsi, di avanzare.

Vasko richiuse gli occhi, la testa cominciava a girargli.

"Dove diamine ti eri cacciato?", rimproverò a Borko, non appena gli riuscì di sollevarsi sulle braccia.

"Ohi, ohi, ohi, calmo. Che se non era per me adesso stringevi la mano al creatore"

Vasko fece una smorfia di dolore. Il braccio gli doleva. "Va bene, va bene così. Ma ce lo siamo fatto scappare, quel bastardo"

"Hai capito chi era?"

"No, non sono riuscito neppure a vederlo in faccia"

"Come pensavi di raggiungerlo da solo?"

"Un tempo ce l'avrei fatta, ragazzo"

Borko lo guardò con quella condiscendenza con cui i giovani spesso guardano i vecchi. Vasko se ne accorse, grugnì qualcosa e si rialzò.

"Il mio capo sa il fatto suo, eh?", gli fece Borko mentre scendevano i milletrecento scalini che conducevano giù in città.

"Che vuoi dire?"

"Sapeva che saresti stata un'ottima esca. Un'alice fra i gatti"

Vasko non aveva considerato questo aspetto. "Credi?", domandò, fingendo noncuranza.

"Sicuro. Ivanov non fa mai una mossa a caso. Se ci ha tenuto tanto ad averti un motivo ci deve essere"

"Strano. A me ha fatto credere di non avere altro in mano. Sul rapporto, d'altra parte, c'era solo il mio di nome"

"Già, khan Tervel", disse Borko ridendo.

Khan Tervel lo guardò. Non trovava la cosa affatto divertente.

# VI

"Fidati, è una persona che conosco da tanto tempo", insisteva Borko.

"Mi sembra davvero una follia, non ho mai creduto a queste cose"

La piccola sala d'attesa non era davvero una sala d'attesa, così come lo studio di Maria Dimitrova non era propriamente uno studio. Era una casa modesta, con mobilio modesto e odore di cavolo stufato proveniente dalla cucina.

"Maria è dotata di una percezione profonda, ecco"

"Mettiamola così"

"Vedrai, non dico che possa mettersi in contatto coi morti o roba di questo genere. Ma riesce a farti scoprire cose a cui non avevi mai neppure pensato, perfino su te stesso"

"Per questo ci sono gli psicologi, nel mondo civile, non i cartomanti"

"Se vuoi, non ti legge le carte"

"Non fa niente, sopravvivrò"

"Puoi non crederci, ma qui, a Stara Zagora, Maria ha una notorietà indiscussa. D'altra parte, siamo di fronte a un caso inspiegabile. L'intervento di una come Maria non sarà tanto più strano della storia che le andiamo a raccontare"

"Ogni storia ha una spiegazione razionale"

"Anche quella di una ragazza che tu stesso hai visto morire diciassette anni fa e che da allora ad oggi continua a intrattenere rapporti epistolari con gli amici e a mandare cartoline alla madre da ogni parte del mondo?"

Vasko non riuscì a trattenere una smorfia.

"E passi per gli amici, ma vuoi che la madre non sappia riconoscere la grafia della figlia? Se qualcuno si fosse spacciato per lei …"

"Geri si è laureata nella primavera del 1990". Vasko lo disse in un sussurro, rapido, come se volesse liberarsi di un segreto opprimente, nello stesso tempo pentendosi d'averlo rivelato.

"Come?"

"E' così. Georgana Dimovska ha sostenuto esami dopo il novembre del 1989 e si è laureata nel maggio dell'anno successivo"

"Questo lo devi dire a Maria" disse, visibilmente turbato, Borko.

"Questo lo dico a te, ragazzo"

"Boris Yanchev, allora, è un piacere rivederti". La voce di Maria Dimitrova arrivava dal fondo del breve corridoio e li invitava ad entrare.

Vasko si era sempre rappresentato queste specie di sibille e i loro antri in maniera abbastanza pittoresca. Era quindi decisamente deluso dall'aspetto insignificante e trasandato con cui la maga di Stara Zagora si mostrava loro.

Una donna sui quarantacinque anni, minuta, dai capelli di un castano scialbo, dagli occhi né troppo chiari né troppo scuri, dalla faccia troppo stretta per essere espressiva, avvolta in un vecchio cardigan da camera slabbrato ai bordi.

Nella stanza non vedeva zampe di gallina, tarocchi o cornetti rossi, che nell'immaginario collettivo affollano simili luoghi. Solo un anonimo soggiorno, arredato con vecchi e semplici mobili, al centro una tavola che normalmente poteva essere usata per il pranzo.

Maria Dimitrova li invitò ad accomodarsi su due sedie con la seduta ricoperta di plastica colorata.

"E tua madre come sta?", fece la maga a Borko, dimostrando una consuetudine familiare antica. In verità, nei modi e nell'intonazione, lo trattava come una vecchia insegnante potrebbe trattare un ex allievo, con quella considerazione di eterna fanciullezza che ci riserva chi, nel tempo della formazione, ci ha visti crescere.

Borko rispondeva compito ed educato, ma era palese la sua ansia di voler giungere al più presto al dunque.

Maria capì, mise da parte i convenevoli, e chiese ai due il motivo della loro visita.

"Una strana storia. Un morto che riappare" disse Vasko, con un sorriso sornione.

Maria però ascoltava seria, fingendo di non cogliere l'ironia.

"Falle vedere la foto", lo incalzò Borko.

Poco volentieri, e sospirando, Vasko tirò fuori dalla tasca la foto di Geri e la sottopose a Maria.

"Una bella ragazza, davvero una bella ragazza", commentò la donna.

"Chi è?"

"Ce lo dica lei, madame, visto che tiene banco qui"

Maria lo guardò severa: "Sento un'eccessiva ostilità da parte sua"

"Chiedo scusa, sembrerò maleducato, ma non posso sinceramente nascondere il mio scetticismo"

"Va bene. Accetto anche gli scettici", fece la maga con esibita noncuranza. "Purtroppo, mi serve la vostra collaborazione"

"Avanti, cercherò di essere collaborativo"

"Cominciamo, sarebbe lei, la ragazza, il morto che riappare?"

"In un certo senso"

"Cosa significa, in un certo senso?"

"Significa che non l'abbiamo vista, questo no", intervenne Borko, "ma ha lasciato numerose tracce della sua presenza in data successiva a quella in cui dovrebbe esser morta"

"Dovrebbe?"

"E' morta", tagliò corto Vasko, "è morta nell'ottobre del 1989"

*La mano stringeva sicura il silenziatore della PB. La donna gli si faceva incontro, con tranquillità.*

"Come fa ad esserne così sicuro?"

"Ero lì"

*Rapidamente quelle mani ruotarono il silenziatore della PB, con la dimestichezza di movimenti usuali. Solo uno scatto, attutito e lieve.*

Maria si fece pensierosa. "A volte crediamo di vedere qualcosa che non è"

"Ero lì", ripeté Vasko scuotendo il capo.

74

*L'arma sollevata a livello di tiro. Occhi grandi, timore, assenza di paura.*

"A volte crediamo di vedere qualcosa che vorremmo che fosse", insinuò ancora la voce di Maria.

"Ero vicino"

*A una trentina di metri scarsi.*

"L'ha vista morire? Come?"

"Un colpo di pistola, credo fosse una PB"

*Partì il colpo, un botto secco nel bosco. Alte grida di uccello in volo.*

"Chi l'ha uccisa? Perché?"

"Chi … chi non lo so. Era buio. Eravamo nel bosco"

*Di nuovo quelle stesse mani scivolarono sicure sulla canna. Di nuovo inserirono il silenziatore per un secondo colpo. Colpo senza suono, leggermente verso il basso, verso il bersaglio immobile.*

"Lei era lì e non sa chi colpì la ragazza?"

"Eravamo quattro o cinque di noi, ed ognuno avrebbe potuto premere quel grilletto. Ma fu un errore, perché le nostre armi dovevano essere caricate a salve"

"E non lo erano"

"Non lo era quella da cui partì il colpo"

"Che lei non sa quale fosse"

"Esatto, è così"

Maria Dimitrova si fermò concentrata a fissare la foto di Geri. "Che genere di tracce avrebbe lasciato la poveretta, dopo la morte?"

Di nuovo intervenne Borko: "Lettere alla madre e agli amici, nonché …" esitò e guardò Vasko, ma poi si decise " … ha completato l'Università laureandosi nel maggio del 1990"

"Come fate a sapere questo?"

"L'ho visto io. Nel dossier universitario. Lì dove ho preso anche la foto"

"Solo lei, nessun altro?"

"Cosa vuole insinuare? Che stia mentendo? O che abbia avuto delle allucinazioni?"

"Voglio capire se la ragazza ha voluto mandarle un messaggio"

Vasko si sentì rabbrividire. Fu un attimo, e non lasciò trasparire alcunché.

Maria si alzò e si diresse verso una credenza in legno di noce, con le ante dai vetri di color verde scuro. Cercò qualcosa all'interno. Poi tornò al tavolo con una candela in una bugia e un mazzo di carte.

"Inizia lo spettacolo", pensò Vasko, ma la sua ironia non riusciva a stemperare l'inquietudine che lo aveva preso. Da un lato desiderava fuggire, dall'altro la curiosità lo tratteneva con forza.

Maria accese la candela che aveva posizionato sul tavolo, oscurò le imposte e si mise a sedere.

Estrasse dalla custodia il mazzo di tarocchi, del tipo comune di quelli marsigliesi. Allargò sulla tavola le ventidue carte degli Arcani Maggiori, in modo che mostrassero il dorso. Mischiò le altre carte e poi cominciò lentamente a sollevarle a cadenze regolari. Uscivano carte di diverso valore e seme. Ne prese cinque e le dispose davanti a sé. Sembrava ragionarci su e farci dei calcoli. Infine contò con l'indice gli Arcani Maggiori coperti, e di volta in volta ne spingeva fuori dalla fila uno, e ricominciava a contare dal successivo. I due uomini seguivano le sue mani con attenzione.

Quando ebbe avvicinato a sé cinque carte dalla fila degli Arcani Maggiori, con gestualità studiata alzò lentamente la prima, di modo che fosse visibile prima a lei che a chi le sedeva di fronte. La fiammella della candela agitava la luce sulle sue mani tese e rugose. Era entrata nel suo, e recitava la sua parte.

Posò sul tavolo, a fianco alla bugia, la prima carta, che mostrava una donna seduta in trono fra colonne. La donna esprimeva un senso di calma maestosa.

"La Papessa", esclamò Borko, che evidentemente conosceva i simboli delle carte.

"Non mi meraviglia affatto", commentò la cartomante, "che ci fosse una donna, lo sapevamo. Di regola rappresenta la saggezza, la rettitudine e la severità di giudizio. Vedete, le colonne che chiudono il trono simboleggiano il bene e il male, la vita e la morte, gli opposti, insomma, dai quali la figura è equidistante. Ma una carta, da sola, non vuol dire nulla". E girò, con la solita attenta lentezza, un'altra carta.

Una specie di frate, un uomo con le braccia conserte avvolto in un lungo saio. La carta fu accolta con discreta soddisfazione da Maria.

"Bene, bene", sottolineò, "non è affatto una cosa cattiva questa. Distacco, calma interiore, meditazione. Penso", disse rivolgendosi a

Vasko, "che questo stia a significare che la soluzione al problema potrà trovarla solo chi sarà disposto a guardare dentro se stesso, in profondità, senza aiuti dall'esterno se non quelli necessari a far riemergere ciò che già è presente"

Vasko capì che a guardare dentro di sé per trovare la soluzione sarebbe dovuto essere lui, e deglutì meccanicamente.

Maria sollevò ancora una carta. Vasko vide subito la figura di un angelo ricciuto emergere da una nube e si tranquillizzò, poiché istintivamente associò l'immagine con qualcosa di positivo; probabilmente l'incisore aveva voluto rappresentare l'arcangelo Michele, perché il personaggio alato impugnava una lunga lancia.

Tuttavia, l'accoglienza che la donna riservò alla carta non fu entusiasta. "Vabbé – si limitò solo a dire – di per sé non significa niente"

Vasko la guardò perplesso. "Ma perché, di per sé che significa? E' un angelo, non è buono?"

"E' l'angelo del giudizio. Il giudizio finale", sottolineò.

La donna in trono, l'uomo avvolto nel saio e l'angelo con l'asta restavano affiancati sul tavolo, racchiusi fra le mani ossute di Maria Dimitrova, che ora aveva socchiuso gli occhi ed esprimeva concentrazione, in tutto il suo aspetto.

"Ora siamo alle carte determinanti", disse in un soffio di voce, che parve affannato.

Il gesto con cui girò la quarta carta fu inaspettatamente rapido, e procurò nei due uomini l'effetto che doveva produrre.

78

Era un'immagine confusa, che né Borko né Vasko individuarono nell'immediatezza. Un branco di cavalli al galoppo su cui sembrava sospeso un uomo seminudo, la cui figura si stagliava contro un grande sole.

"Cos'è?", chiese Borko, visto che la donna non parlava.

"Il carro. E' il carro del vincitore"

"Bene, finalmente una carta che non dovrebbe dare adito a dubbi", esclamò Vasko.

"Chi le dice che la carta si riferisca a lei, signor Mladenov?", lo gelò Maria. "Le posso solo dire che il carro è espressione di un successo, e che spesso questo successo viene associato alla vendetta"

"Alla vendetta?"

"Ed in ogni caso, per poter addivenire alla vittoria, sarà necessario mediare fra forze contrapposte, e non è detto che la cosa abbia buon esito. Vedete i cavalli? Se ci fate caso, ognuno prende una direzione, ognuno va per la sua strada. Chi potrà riuscire a guidarli alla mèta?"

"Ma così è facile", obiettò Vasko. "Proprio come immaginavo, queste carte possono dire tutto e il suo contrario"

"Vi è qualcosa, al mondo, che non possa dire tutto e il suo contrario? Però ogni cosa ha un senso suo proprio, e si distingue dal restante proprio in rapporto ad esso". La frase sibillina riportava, ovviamente, all'autorità della sua interpretazione. "Veniamo all'ultima carta, e poi tireremo le somme", concluse.

Stavolta, l'attesa fu più lunga, perché Maria fece scorrere più volte la carta coperta da una parte all'altra della fila di carte scoperte, ne sollevava un angolo dando a vedere di voler sbirciare, poi lo abbassava, vi puntava l'indice sopra e lo faceva roteare. Alla fine, con una mossa repentina voltò l'ultima carta, lanciando un grido che apparve sincero.

Borko e Vasko fecero appena in tempo a vedere una luna nera sorridere dalla carta, prima che Maria spazzasse via con la mano, in un sol gesto, tutto il mazzo.

"Pessima, pessima conclusione" si lamentava la donna, "non avrei potuto immaginare una fine peggiore", e guardava con aria incerta, a mezzo fra il rimprovero e la commiserazione, l'uomo che l'aveva interrogata, come se a lui fosse pienamente ascrivibile quella infausta sequenza di carte.

"Baba Maria, spiegaci, cosa è avvenuto, cosa significa tutto ciò?" chiedeva Borko.

"L'inganno … l'inganno … sarà vendicato con l'inganno … l'inganno sarà vendicato con l'inganno, l'inganno sarà vendicato con l'inganno", cominciò sussurrando Maria Dimitrova, e poi via via prese a ripetere il suo anatema più forte, fino a gridare, presa da una strana isteria che non pareva più artefatta, ma vera, sincera. "E' la donna, la donna che tornerà in gloria per vendicare l'inganno". Poi, avvicinò il suo volto a quello di Vasko, guardandolo fissamente. La foga l'aveva sfigurata, e adesso sembrava davvero una vecchia megera, coi capelli arruffati, le vene del collo ingrossate e gli occhi iniettati di sangue. "Attento a te, uomo, se tua è la causa dell'inganno"

E, detto questo, con fare risoluto, spinse entrambi fuori dalla stanza, richiudendo violentemente la porta.

## VII

Osservava la pioggia che batteva sulle finestre prive di persiane.

Aveva passato gli ultimi diciassette anni a cancellare dalla memoria tutto quel che era stato della sua precedente vita, conservando solo ciò con cui era davvero impossibile recidere ogni legame. Per sua moglie e per suo figlio, senza estremi rimorsi, aveva ceduto a tenui compromessi.

Era stato duro all'inizio, poi era subentrata l'abitudine. Alla lontananza, all'estraneità di un volto e di una voce prima amata.

Ma non li aveva mai dimenticati, e di nascosto aveva sempre immaginato di seguire la vita che essi avrebbero tentato di costruire dopo di lui, senza di lui.

Adesso vedeva passargli accanto Milena, con quel corpo invecchiato troppo presto, un corpo cui egli si sforzava ora di continuare a dare un qualche significato.

"Quando hai iniziato a liberarti delle mie cose?", le avrebbe chiesto così, tutto a un tratto.

"Quali cose? Ti riferisci sempre ai dischi?"

"Tutto, le mie cose … in generale"

Milena si fermò a guardarlo con le mani appoggiate sui fianchi. Cercava di capire dove volesse arrivare.

Vasko non sostenne il suo sguardo, e tornò a volgere gli occhi alla finestra.

"Attraverso gli oggetti si ricorda. E si continua ad amare chi è lontano"

"Chi o cosa avrei dovuto ricordare?"

"Quando fai pulizia delle cose che sono appartenute ad un altro, significa che da quel momento hai smesso di amarlo"

E, dopo un breve silenzio, disse con voce più bassa: "volevo solo sapere quando avevi smesso di amarmi, tutto qui. Era una semplice curiosità".

Quindi si alzò, prese il cappotto, il cappello e l'ombrello, e uscì frettolosamente.


Sovrappensiero, prese a camminare per il boulevard Slivnitza, superando i binari ferroviari e scendendo poi, dopo il ponte, per strade laterali. La pioggia era scemata, e gli bastavano le falde del cappello a proteggersi, l'ombrello lo teneva a mo' di bastone.

Si ritrovò così, senza neppure accorgersene, a passeggiare per i viali dello Zapaden Park, che cinge ad ovest la capitale. E si fermò, tutto a un tratto, davanti ad una panchina, una delle tante, e priva di qualunque caratteristica che valesse a distinguerla da ogni altra.

All'improvviso, si rivide in quello stesso, identico luogo, ritto in piedi davanti a quella panchina, poco meno di vent'anni prima.

Una giornata uggiosa, ora come allora, con il cielo su cui pareva rimbalzare una luce metallica, innaturale, di piombo chiaro, che si rifletteva poi ad illuminare ogni cosa, dotando ogni cosa di un tempo proprio, sospeso, distante.

Geri era seduta lì, e doveva esserlo già da un po' di tempo. Lo guardò con l'aria di rassegnato rimprovero di chi non sa essere veramente cattivo.

"Sono colpevolmente in ritardo, scusami"

"E' inutile che fai gli occhi dolci con me, Anton, non funziona", lo redarguì lei, scherzando.

Anton. Da quanto tempo non si sentiva chiamare così. Gli fece piacere, e lo rese allo stesso tempo inquieto; senza accorgersene, si guardò furtivo attorno per controllare se potesse udirli qualcuno. Ma erano soli nel parco, e soli sulla terra, in un attimo fuori del tempo.

"Ho dovuto sistemare alcune cose, perdonami, davvero. Non è mai facile liberarsi"

Geri annuì impercettibilmente col capo, e si tirò su gli occhiali con le nocche delle dita.

"Allora, è confermato?", chiese Vasko, non riuscendo a contenere la sua ansia.

"E' confermato. Per domani all'alba"

"Dove?"

Geri accennò con lo sguardo ad un tiglio che sorgeva isolato, poco distante. "E poi sarà tutto finito"

"Giurami che non sarà pericoloso. Che non correrai alcun rischio"

"Non preoccuparti. E'solo una consegna"

"Di che si tratta?"

"Sai che non te ne posso parlare. E' qualcosa di molto importante. Qualcosa da cui può dipendere il futuro del nostro paese"

"Dici solo una consegna, ma è un tiro al bersaglio. Se qualcosa dovesse andar male?"

"Finiscila. Non corro alcun pericolo. Il colpo sarà a salve, te l'ho detto. Ci sarà solo un grosso botto, pam!, e dovrò cadere a terra. Qualcosa di simile ad uno spettacolo a teatro: non fanno così forse anche gli attori?"

Vasko scosse la testa, non riusciva a convincersi del tutto. "Non siamo su un palcoscenico, Geri, e non siamo attori. Alcuni di quelli che ti saranno intorno vogliono davvero vederti morta, e questo è già di per sé preoccupante"

"Appena sentiranno esplodere il colpo fuggiranno via. Dopo, ci saranno i nostri a tenerli alla larga. Un'imboscata sarà un'ipotesi verosimile. Todor ed Emil attenderanno un poco e poi, fingendo di usare la massima precauzione, usciranno allo scoperto per recuperarmi. Mi porteranno lontano da occhi indiscreti, e comunicheranno a chi di dovere la notizia della mia morte. Saranno arrivati troppo tardi, purtroppo", concluse ridendo.

Vasko sorrise fra sé. Ricordò il nome che ella aveva utilizzato una volta, e che gli era rimasto impresso, e con cui la chiamava, alle volte.

"Cosa fai stasera, Stella Rossa?", le chiese.

Come un tarlo gli rodeva la mente, il pensiero che Borko avesse detto qualcosa di sensato quando aveva fatto riferimento alla Multigroup e alla sua predilezione per gli ex agenti segreti quali manager di successo. Non sapeva però bene cosa. Non sapeva come quell'informazione, se di informazione poteva parlarsi, lo avrebbe potuto portare più vicino alla soluzione del suo problema.

Da Zapaden park aveva preso la metropolitana ed era sceso all'ultima fermata, Serdika. Riemerse dalla stazione sotterranea in piazza Nedela: considerò la singolarità del posto. Non ci aveva mai fatto caso. Da quel punto di osservazione, lì dove si trovava, giusto in cima alle scale dell'uscita della metropolitana, poteva abbracciare con lo sguardo la chiesa ortodossa di Sveta Nedela, la moschea, la nuova chiesa cattolica e, in lontananza, le cupole della sinagoga. In quel momento, nel mezzo di quel fazzoletto di terra nel cuore della capitale, si sentì orgoglioso di essere bulgaro.

Entrò in un internet point proprio lì di fronte. Pagò e si sedette ad una delle postazioni libere. Impostò sul motore di ricerca le parole "*Multigroup*" e "*Pavlov*". I primi risultati che uscirono riguardavano articoli di giornali relativi all'omicidio dell'uomo d'affari avvenuto nel marzo del 2003 in pieno centro a Sofia; seguivano poi delle interviste fatte a Pavlov all'apice della sua fortuna, nelle quali il magnate parlava della storia e dei settori di interesse del gruppo. Pavlov diceva, con evidente orgoglio, di aver dato vita alla prima azienda privata in Bulgaria: "quando un giorno si scriverà la storia del capitalismo bulgaro post-comunista, si dovrà cominciare con la parola Multigroup"

La sede centrale della holding era in Svizzera e gestiva due gruppi economici principali. Il primo era quello industriale, che spaziava dalla produzione di cavi, a quella di zucchero, dalla raffinazione di oli vegetali, alle industrie tessili, fino alla costruzione di miniere, non tralasciando forti interessi per il settore del turismo, del commercio e delle comunicazioni. Il secondo gruppo era quello finanziario, con investimenti in banche occidentali e in compagnie assicurative. "Come si può vedere – concludeva Pavlov – abbiamo interessi molto ampi, ma non si può dire che siamo interessati a tutto. Detto in parole povere, il nostro interesse è quello di sviluppare affari redditizi".

Sviluppare affari redditizi. Vasko ripeté a bassa voce le ultime parole che apparivano sullo schermo e sorrise.

Aveva partecipato all'operazione, ma era stato senz'altro tenuto all'oscuro di qualcosa. Come tutti, d'altronde. Ciascuno sapeva solo una parte del tutto, di modo che nessuno potesse assumere pericolose iniziative, e che nessuno potesse ricostruire il tutto a partire dalla sua parte di conoscenza.

Il suo compito era uno solo, e lo aveva svolto con successo. O, almeno, così aveva fino ad allora creduto.

Ora quel passato che tornava gli poneva dubbi che, man mano, gli si stavano trasformando in certezze.

Cosa contenesse quel benedetto dischetto che aveva avuto il compito di recuperare era la sua parte incognita del piano. Qualche dubbio lo aveva avuto, qualche idea se l'era fatta. Ma era sua abitudine, per viver quieto, non farsi eccessive domande. Era quell'idea che si era fatta, tuttavia, che ora risvegliava la sua intuizione, e lo guidava nella sua ricerca.

Proseguì la navigazione su internet. Cercò notizie della Multigroup successive alla morte di Pavlov, ma senza molto successo. Tutte le opzioni di ricerca sembravano arrestarsi alla notizia dell'omicidio, girarci intorno con morbosa curiosità e tutt'al più servirsi di essa come punto di partenza per scavare nel passato torbido della società.

Ad un certo punto, così per caso, si imbatté nel nome di altra società, la AK, che sembrava aver iniziato le attività proprio qualche mese dopo il marzo del 2003. Si trattava di un articolo di giornale, nel quale si sosteneva che la AK avesse beneficiato delle rendite della Multigroup, e che fosse addirittura subentrata ad essa in alcune commesse.

Impostò allora la ricerca direttamente sulla AK, e capì che anch'essa doveva aver cessato oramai le attività, dal momento che tutti i risultati che aveva ottenuto risalivano agli anni 2003 e 2004. Oltre, ogni traccia si perdeva.

Tuttavia, prese nota del nome dell'ultimo amministratore, un tale Dancho Varbanov, e uscì.

Fuori aveva ripreso a piovere, e la temperatura era notevolmente calata.

Vasko si avviò alla sede della polizia sul Boulevard Maria Luisa.

"Cerco Boris Yanchev. Ditegli che c'è Vasil Mladenov", disse al custode appena fu entrato.

Attese un paio di minuti e subito gli fu detto di salire al secondo piano.

Borko gli andò incontro sorridente e tendendogli la mano. "Qualche buona nuova?", gli chiese.

"Ho bisogno del tuo aiuto. Devi trovarmi notizie su Dancho Varbanov"

"Dancho Varbanov?"

"Sì, amministratore della AK, una società nata, con tutta probabilità, sulle ceneri della Multigroup"

"Bene, non dovrebbe essere difficile. Ma cosa ci devi fare?"

"Voglio parlargli"

In quel momento si affacciò nella stanza Ivanov. "Oh, Mladenov, fa sempre piacere rivederla. Si vede che si è affezionato a noi. Borko, non offri neanche un caffè al nostro amico?"

"La ringrazio", ricambiò Vasko, "ma avevamo finito e stavo giusto per andar via"

"Su, non sia avaro di notizie. Ha scoperto qualcosa?"

"Sì. Che c'è qualcuno in giro che ha intenzione di farmi fuori"

Ivanov sorrise, "oh, ma questo penso lo sapesse già. Perché se no si starebbe dando da fare per trovare la soluzione del nostro giallo?"

"Non mi sembra divertente, ispettore, davvero"

"Ma non lo è, certo, non lo è. Eppure, le cose stanno così. Ho saputo della vostra passeggiata a Shumen"

"Sì. E' molto bello quel monumento ai fondatori, sa? Erano anni che non avevo l'opportunità di vederlo", gli rispose ironico Vasko.

"Temo non l'abbia visto con la luce migliore"

"Oh, si sbaglia, ispettore. E' estremamente suggestivo al chiaro di luna"

"Ha intenzione di fare qualche altra gita fuori porta a breve?"

"Non so ancora, ma nel caso non mi dispiacerà la sua compagnia"

Ivanov sorrise, chinò leggermente il capo in segno di commiato, e richiuse la porta.

"Ha sempre questo innato senso dell'umorismo?", chiese a Borko.

"Tende a sdrammatizzare, questo è tutto. E' un brav'uomo, in fondo"

"In fondo. Bene, attendo una telefonata non appena saprai qualcosa"


Di nuovo prese la metropolitana e di nuovo, come seguendo un istinto inconscio, discese alla fermata di Zapaden Park.

Superò l'ingresso del parco, e vi si addentrò, lasciando i vialetti e i sentieri battuti. Come il primo giorno con Ivanov, attraversò un bosco di tigli e superò una collinetta incolta. Era alla ricerca di un punto, un punto preciso. Non quello dove si era fermato con l'ispettore giorni prima. I rilievi erano stati compiuti, e la fossa era stata ricoperta di terreno. Solo del nastro bianco e rosso, abbandonato al vento, restava a ricordare il luogo, stretto a un'asticella di ferro conficcata in terra.

Cercava altro. Guardava i contorni della collina per ritrovare la posizione. Ad un tratto, gli parve di scorgere qualcosa, a mezza costa. Il punto, forse. Vi corse, e raggiuntolo, s'acquattò, quasi a volersi nascondere nell'erba alta.

Non fu soddisfatto. Si rialzò, e prese a girare scrutando la zona a testa alta. Di nuovo si fermò.


*Come una lepre. Quando trovi la posizione, resta immobile. Ascolta il tuo respiro, fino a quando riesci a non sentirlo più. Come una lepre. Sta' attento a percepire ogni rumore, ogni movimento, tanto da prevenirlo. Individua il luogo da cui proviene. Fissalo. Non staccare gli occhi da lì. A quel punto, non sei più preda, ma già predatore. Attendi il momento propizio per saltare. Mira alla gola. Solo alla gola.*


Si inginocchiò nel terreno umido di pioggia. Avanzò in questa posizione per un metro circa. Poggiò le palme delle mani e si stese in terra.

Tre uomini scavavano la fossa lì dove ora sventolava il nastro bianco e rosso sull'asticella di ferro. A pochi metri giaceva il corpo senza vita della ragazza bionda. Gli occhiali le erano caduti, e il suo volto pallido mostrava una serenità priva di rancore.

Uno degli uomini, uno smilzo, dalla faccia butterata, sembrava frugarle senza riguardo fra i vestiti e nelle tasche. Poi, non si capiva se per necessità di servizio o per lubrica lascivia, prese ad infilarle le mani dentro i pantaloni e sotto i vestiti, su fino ai seni. Quando ebbe finito, però, lo sguardo che rivolse ai compagni parve freddo e distaccato, e su tutto predominava un'espressione di disappunto e preoccupazione.

Vasko si portò la mano sul giubbotto, all'altezza del petto. Tastò lievemente gli angoli di un oggetto di plastica rettangolare che aveva riposto in tasca, come a sincerarsi che fosse ancora lì.

Vide i tre litigare a bassa voce fra di loro. Uno, più tarchiato, si fece addosso alla ragazza e cominciò a sua volta a palparla. Ci furono delle spinte, volarono degli schiaffi. Poi il terzo, che aveva una leggera barba nera sotto un naso troppo grosso, si fece in mezzo ai due che si azzuffavano e mise pace.

Quindi tutti e tre presero a guardarsi intorno, e Vasko credette che posassero alla fine gli occhi su di lui.

Cominciava a far giorno, e la nebbia a levarsi, così che la visibilità aumentava minuto dopo minuto. Quel nascondiglio non gli avrebbe garantito ancora a lungo riparo.

Tutt'a un tratto gli uomini si voltarono verso la ragazza che giaceva a pochi passi da loro e le si fecero intorno. Vasko approfittò della confusione che si era creata a valle, e di cui non aveva compreso il motivo, per raggiungere il più velocemente possibile degli alberi lì vicini che avrebbero coperto la fuga.

92

Da quella nuova posizione tentò ancora di scorgere le figure sotto di lui, ma vedeva solo le schiene degli uomini chini verso il suolo. Purtroppo non era possibile restare oltre a vedere e a cercare di capire. Al più presto avrebbe dovuto lasciare la Bulgaria. Al riparo dalle foglie, dunque, corse via veloce, lasciandosi indietro ciò che era stato.

Imbruniva. Vasko si sollevò. Guardò in alto, pochi metri più su, lì dove erano gli alberi che avevano protetto la sua fuga. Fece un cenno verso di loro, come se li volesse ringraziare, per la prima volta dopo tanto tempo. Poi, ritornò sui suoi passi, verso i sentieri e i vialetti dove, quando fa bel tempo, le famiglie portano i bambini in bicicletta e gli anziani i cani a spasso, e dove, nonostante il clima autunnale già rigido, resisteva ancora qualcheduno in tuta, che passava correndo.

## VIII

Attendeva davanti l'ingresso dell'NDK. Rabbrividì e si strinse nel cappotto impermeabile. Le mani, nonostante i guanti, cercavano riparo nelle tasche. Dall'alto delle scale dominava i giardini attraversati in fretta da passanti infreddoliti.

Ricordava un congresso seguito nell'auditorium del gigantesco palazzo della cultura. Una grande opera del socialismo, una di quelle di cui andare fieri nel mondo. Ancora adesso l'edificio ospitava nelle sue numerose sale concerti, spettacoli, conferenze e mostre.

Finalmente, un uomo che un tempo doveva esser stato robusto, ma a cui ora gli abiti parevano cader di dosso, si avvicinò a lui in un cappotto color cammello e avvolto in una sciarpa rossa, così come Dancho Varbanov si sarebbe dovuto presentare all'appuntamento.

L'espressione triste degli occhi non mutò quando salutò Vasko.

"Lei è la persona che voleva vedermi?", chiese guardandosi inquieto intorno, più per un'abitudine acquisita che perché realmente temesse di essere seguito.

"Vasil Mladenov, molto lieto"

Dancho Varbanov non sembrava molto lieto, ma strinse la mano che gli veniva porta.

94

"Possiamo andare in qualche posto al caldo? Ci sono molti bar qui vicino. Le offrirei volentieri un caffè", propose Vasko.

"No, no … se non le spiace, preferirei parlare mentre camminiamo. Anche qui intorno, senza allontanarci"

Vasko si sfregò le mani in cerca di un po' di calore. L'aria era da neve.

"La ringrazio per aver accettato il mio invito"

"Guardi. Non so perché ha voluto così tanto incontrarmi, e non capisco cosa possa volere da me. Non credo di poterle essere utile in nessun modo"

"Vediamo. Forse sottovaluta le informazioni che potrebbe fornirmi"

"Dubito. Ma avanti. Cosa vuole esattamente da me?"

"Avere qualche notizia sulla Multigroup e sulla AK"

"Non credo di essere la persona giusta, allora"

"Lei non è stato amministratore della AK?", chiese Vasko meravigliato.

"Esatto"

"E la AK non è stata creata grazie ai soldi della Multigroup?"

"Sì, qualcuno lo sostiene", rispose vago.

"E allora?"

"Allora, non credo di essere io la persona giusta"

"Signor Varbanov, temo davvero di non capire"

Varbanov si fermò e lo fissò negli occhi: "cosa c'è secondo lei da capire?"

Vasko fu distratto per un attimo dalle nuvolette che l'alito di Varbanov formava a contatto con l'aria ghiacciata. "Mi vuole far credere di essere stato amministratore di una società e di non sapermi dire niente su di essa?"

"Io non le voglio far credere nulla, caro Mladenov. Le sto solo dicendo quello che realmente è. Che poi ci voglia credere o meno è affar suo"

"Chi è lei, insomma?". Vasko cominciava a spazientirsi.

"Sono un poveraccio, uno di quelli a cui intestano le società in cambio di pochi spiccioli. Se ha studiato bene, avrà visto che io fui nominato negli ultimi mesi, giusto in vista del fallimento"

"Di cosa si occupava la AK, almeno questo lo saprà"

"Era una sorta di finanziaria. In realtà penso fosse una vera e propria banca, che trasferiva alle altre società del gruppo soldi e titoli all'occorrenza"

"Quale gruppo?"

"E' lei che ha tirato in ballo la Multigroup"

"Già. Allora, era la società che teneva la cassa che un tempo fu della Multigroup"

"E le assicuro che la provenienza di tutto quel denaro era tutt'altro che limpida"

"Vede che si sottovaluta, Varbanov?". Vasko ormai aveva dimenticato il freddo, e accelerava il passo costringendo il suo interlocutore a seguirlo. "E come veniva distribuito il denaro?"

"Ecco che mi chiede cose che non so"

"Si sarà fatto un'idea?"

"Un'idea? Me ne sono fatte tante di idee, ma nessuna certa"

"Possiamo fare qualche tentativo"

"Guardi, l'unica cosa che le posso dire è che le richieste avvenivano a rotazione, mai due volte di seguito dalla stessa società. E le autorizzazioni erano, per ciascuna singola società, sempre di valori proporzionalmente uguali. Mi spiego. Alla società A andavano sempre somme di un terzo più elevate rispetto a quelle della società B; alla quale, a sua volta, andavano somme, ad esempio, doppie rispetto a quelle della società C. E così via"

"Come se ci fosse un criterio prestabilito"

"Come se si trattasse di una specie di rimborso da effettuarsi per quote"

Vasko rallentò il passo, astratto nei suoi pensieri.

"Inutile dire che i soldi non venivano restituiti"

"Certo. Ma la AK, questi soldi, da dove li prendeva? Era tutta dotazione iniziale della Multigroup?"

"Chi lo può dire da dove venissero. Certo, contabilmente i soldi rientravano, ed anche con gli interessi. Così, la società che li aveva ottenuti formalmente li restituiva, in sostanza andava a creare enormi fondi neri. E la AK giustificava questi nuovi soldi in entrata come restituzione del capitale e degli interessi"

"Un capolavoro del riciclaggio"

"Già"

Lentamente, cominciò davvero a nevicare. I primi fiocchi resistevano sui fili d'erba delle aiuole, si scioglievano sotto le suole delle scarpe.

"Ma perché si interessa tanto di queste cose? Appartengono alla storia del capitalismo bulgaro", disse Varbanov.

Vasko sorrise, ripensando alle solenni affermazioni di Pavlov, secondo cui la storia del capitalismo post-comunista in Bulgaria si sarebbe dovuta iniziare con la parola "Multigroup".

"Pensa ci possa essere qualche legame con i servizi segreti?"

"Cos'è, uno scherzo?". Varbanov si fece subito sospettoso.

"Agenti dei servizi potrebbero avere avuto ruoli di rilievo in qualcuna di queste società?"

"Guardi, di queste cose non so davvero nulla"

"Si rilassi, signor Varbanov. Non ha niente da temere", gli fece Vasko, notando la sua improvvisa agitazione.

"Lei non sa chi o cosa io potrei temere. Ho vissuto tra questa gente, signor Mladenov, ed è gente che non va per il sottile. Tutte le cose che le ho detto non rappresentano altro che mie supposizioni, delle opinioni di un uomo della strada, niente di più. Su questo argomento non ho opinioni, mettiamola così"

"Capisco. Ha ragione. Sono io quello che sono stato fuori dal giro tutti questi anni"

"Lei lavorava nei servizi?"

"Collaboravo. Ho collaborato per qualche tempo"

"E quando ha lasciato il paese?"

98

"Nell'ottantanove. Nell'ottobre dell'ottantanove"

"Una data davvero singolare per abbandonare la barca"

"E' così", ammise Vasko scuotendo la testa.

"E non è rimasto in contatto con nessuno dei suoi vecchi compagni di bordo?"

"No, con nessuno"

"Anche questo è singolare"

"Già"

Varbanov non aveva dismesso il suo sguardo triste, ma pareva ora risollevato nel cogliere Vasko in difficoltà. "Cos'è che sta cercando, esattamente, Mladenov?"

Vasko sollevò il capo. Si sentiva in evidente imbarazzo, e non trovò le parole per una risposta. Evitò gli occhi impietosi che lo fissavano, e guardò oltre, verso la massa bianca e grigia dell'NDK.


Percorse velocemente Vitoshka, mentre la neve cadeva sempre più abbondante, fermandosi adesso anche sulla strada. Camminava a testa bassa, sfuggendo le luci delle vetrine. Riparò in un bar. Aveva bisogno di fermarsi, e aveva bisogno di riscaldarsi.

Le luci all'interno erano basse. Fuori si era fatto improvvisamente buio. Raggiunse il bancone e si arrampicò su uno sgabello alto. Ordinò un Martini con ghiaccio.

Non l'aveva vista arrivare, si materializzò sullo sgabello accanto al suo. Era esile, in un cappottino beige con il collo di pelliccia. Si tolse il cappello, una specie di colbacco in pelle bianca, e le scivolarono sulle spalle dei lunghi capelli neri. "Anton – disse – possibile? Sei davvero tu?"

Vasko cercò di mettere a fuoco, di trovare qualche somiglianza, un indizio che potesse venire in aiuto alla sua memoria. Niente. Vuoto assoluto. La ragazza al suo fianco gli era perfettamente sconosciuta.

"Pensavo ti fossi trasferito all'estero, oramai"

"In effetti … sono tornato da poco", abbozzò Vasko.

"Mi offri da bere?"

"Certo, certo. Ti va bene un Martini?"

"Va bene, grazie"

Vasko ordinò. Era in una situazione di profondo imbarazzo. Non aveva la minima idea di chi fosse colei che gli si era seduta accanto, ma la familiarità con cui ella lo trattava lo aveva confuso e trattenuto dal chiederle subito il nome. Ora, ogni istante che passava, ed ogni parola scambiata, rendeva la cosa ancora più difficile.

La ragazza si sistemò sullo sgabello accavallando le gambe. Il cappotto si aprì, lasciandole la coscia scoperta. Vasko non poté far a meno di guardare. Si accorse di essere stato visto e arrossì. La ragazza gli sorrise indulgente.

"Cosa fai qui a Sofia, allora? Ti trattieni a lungo?"

"Non so. Sto cercando una persona. Quando l'avrò trovata, ripartirò. Forse"

"Una donna?", fece lei maliziosa.

"Probabilmente sì"

"Probabilmente?", ripeté lei, ridendo.

"Sì, una donna, certo", si corresse Vasko. "E tu, cosa fai?", chiese poi, sperando dalle sue risposte di riuscire a rinvenire qualche indizio utile che ne svelasse l'identità.

Ma lei era vaga, volutamente vaga, pensò Vasko, e rispose solo "lavoro, giro, le solite cose, sai"

Si aggiustò ancora il cappotto scoprendo le spalle. "Fa caldo qui dentro, non trovi?"

Intanto era arrivato il Martini, e lei cominciò a sorseggiarlo chinandosi sul bancone, di modo da mostrare la scollatura. Vasko se lo sentì premere con forza sulla patta dei pantaloni, quasi da fargli male. Ma cercò di mantenere in un modo o nell'altro la concentrazione.

"E ti occupi sempre … di viaggi?", la buttò lì, tirò ad indovinare, giusto per vedere l'effetto che faceva.

La brunetta scoppiò in una risata. "Ma che idee bizzarre … Ma sai che sei davvero divertente. Non ti ricordavo mica così. Viaggi … sei proprio terribile"

"Scusa, non volevo", balbettò. E vedendola ridere, si rese conto di trovarla irresistibile. E ordinò altri due Martini.

"Sarà parecchio tempo che non ci vediamo", riprovò Vasko.

"Eh, già. Proprio parecchio", ma non fu più precisa, e tirò un lungo sorso con la cannuccia.

"So che sei stato diverso tempo a Mosca, non è così?", gli chiese poi, tutto a un tratto.

Vasko si sentì gelare. Il Martini gli andò di traverso, e cominciò a tossire forte. Chiese permesso e si diresse verso il bagno.

Entrò barcollando. Vi erano due lugubri lucette sullo specchio sopra il lavabo. Aprì il rubinetto e fece scorrere l'acqua sul palmo delle mani. Poi chinò il capo e si lavò la faccia, una, due, tre volte. Riemerse affidando il suo volto stralunato allo specchio, che gli rimandò un'immagine impietosa.

Strappò con violenza dei pezzi di carta dal rotolo e si asciugò. Quindi rientrò nella sala, dirigendosi deciso verso il bancone. Il posto accanto al suo era stato occupato da un uomo, che discuteva con il barista di qualcosa. La ragazza era scomparsa.

Si girò intorno furioso. Si rivolse all'uomo seduto dove prima era stata la ragazza. "Dov'è? Dov'è andata la signora che stava qui prima?". L'uomo e il barista lo guardarono perplessi. Non si era accorto di star gridando.

"Forse è in pista", intervenne a tranquillizzarlo un altro, che era sopraggiunto. E indicò una saletta attigua, dove avevano allestito una piccola discoteca.

Vasko finì d'un sorso il suo Martini, e si affacciò in sala. La pista non era altro che uno spazio ricavato fra i divanetti bianchi, al di sopra del quale avevano posizionato piccole luci stroboscopiche. In un angolo c'era un pianoforte per le serate con musica dal vivo, ma adesso dalle casse risuonava un motivo dance degli anni ottanta.

E con la musica, su quei suoni, la memoria sembrava addentrarsi più in profondità, riapprodare a luoghi abbandonati da tempo. Gli sembrò strano che mettessero su ancora quei motivi, e non fece caso alla ragazza bruna che ballava al centro della stanza.

Attaccò quindi una canzone che riconobbe all'istante, dai primi accordi. Si avvicinò alla ragazza bionda in piedi davanti a lui: Geri lo guardava con una specie di maldestro pudore, alzando gli occhi dal volto inclinato e sorridendo.

Gli Alphaville cominciarono a cantare "*Forever Young*", e lui strinse l'esile figura che gli si abbandonò docile fra le braccia.

Rammentava di aver atteso a lungo quel momento, ma ora che gli era dato di viverlo c'era qualcosa che guastava l'incanto.

*L'ultima sera. La prima, sarebbe stata anche l'ultima.*

*I want to be forever young, do you really want to live forever, forever and ever.*

"Stella Rossa …", cercò di parlarle, di dirle qualcosa, ma lei gli chiuse la bocca con un bacio e, stretta a lui, continuò a ballare sulle note lente della canzone.

*It's so hard to get old without a cause*

*I don't want to perish like a fading horse*

Gli sembrò che il tempo non dovesse aver mai fine; che potesse trascorrere così un bel pezzo di eternità, abbracciati, soli. Le pareti della sala si allontanavano, dilatando gli spazi, e nessun rumore, oltre la musica sulla quale ballavano, arrivava alle loro orecchie.

*Non provare rimorso. Non provare rimorso. Non provare rimorso.*

*Non pensare.*

*Concentrazione e determinazione.*

Si staccò da lei e aveva gli occhi umidi di pianto. Lei cercò di accoglierlo di nuovo fra la guancia e la spalla, ma Vasko la scostò scuotendo il capo e si gettò su un divano vicino.

Adesso la musica batteva forte sui ritmi sincopati della batteria.

Subito la ragazza gli si sedette vicino, e gli passò una mano fra i capelli.

La guardava. Guardava interdetto i suoi lisci capelli neri e quegli occhi verdi, che solo ora gli apparivano in tutta la loro bellezza.

"Scusami …" farfugliò, "devo aver bevuto un po' troppo"

"Non è elegante scusarsi per aver bevuto troppo, dopo avermi baciata a quel modo", lo rimproverò lei dolcemente.

"Perdonami, ecco, vedi. Sto sbagliando tutto"

*Baciato? Chi aveva baciato?*

"Ti vado a prendere un po' d'acqua, vuoi?"

"Sì, grazie … no, aspetta", ma la ragazza era già partita verso il bar.

La vide ancheggiare nel tubino nero che indossava, stretto ai fianchi, e con il quale era rimasta dopo essersi tolta il cappotto.

Cercava di passare rapidamente in rassegna dei nomi, dei volti, dei corpi. Ma la ragazza che lo stava seducendo era troppo giovane, per poterla ritrovare nei suoi ricordi di Sofia. E aveva parlato di Mosca.

Adesso tornava, sinuosa e attillata, ed un'espressione fin troppo maliziosa.

Gli porse il bicchiere, di vetro spesso e pesante. Vasko annusò il liquido nel quale galleggiavano due cubetti di ghiaccio.

"Ci ho fatto mettere un po' di limone. Vedrai che ti riprendi prima"

Vasko annuì poco convinto e bevve. Subito ebbe una reazione di calore, dovuta all'acqua ghiacciata.

*Chi sei, dannazione, chi sei? Sei bella, bellissima, ma chi sei?*

Ma già gli sembrava che fosse un particolare di minima importanza. Chiunque fosse, era bellissima, e lo stava portando su terreni imprevedibili. Il che l'avrebbe dovuto senz'altro allarmare, ma ora questo pensiero non faceva altro che eccitarlo ulteriormente.

Visto che la ragazza non si opponeva, ma anzi lo incoraggiava, si stese meglio sul divano fino a trovare la posizione più comoda per abbracciarla.

Lei lo fece fare per un po'. Poi gli disse che doveva andare alla toilette, giusto un attimo, così, a sistemarsi il trucco. Vasko allentò la presa e la fece alzare.

Poi, tutto cominciò a girare. Così velocemente che Vasko d'istinto afferrò i braccioli del divano per non essere catapultato fuori. I volti delle persone che affollavano la sala gli ronzavano attorno alla testa, deformati in ghigni infernali. Li sentiva parlare, sentiva dei suoni, ma questi gli arrivavano alle orecchie storpiati, indecifrabili, come se giungessero dal fondo di un pozzo profondo. D'un tratto si sentì leggero, e gli sembrò di poter levitare in alto, su su, senza un'ancora che lo tenesse saldo in terra. Vide la ragazza bruna che lo accarezzava e gli diceva qualcosa che a lui sembrò dolce. Cercò di allungare anch'egli una mano per toccarla, ma non vi riuscì.

Sapeva di essere atterrato dopo un lieve volo su un letto, in una stanza a lui ignota. Le luci erano tenui, di calde tonalità rosse. Girò il capo, e vide che l'effetto era dato dal paralume, di colore granata. Ma questa fu l'unica considerazione razionale che gli riuscì di compiere. Per il resto, la testa gli doleva e gli era impossibile concentrarsi su qualunque cosa.

Vide sopra di lui muoversi un corpo, con colpi ritmici e costanti. Le spalle lucide di sudore su cui restavano impigliati i lunghi capelli neri, e la schiena, che si allargava in due natiche grosse e tese.

Poi, più nulla.


Si risvegliò il mattino seguente in una stanza che non era la sua, in un albergo dove non ricordava di essere mai entrato.

Nonostante avesse ancora un pesante cerchio alla testa, cercò di rimettere a fuoco, con poco successo, gli ultimi istanti di lucidità della nottata precedente.

Rovistò per la stanza in cerca di qualche indizio, ma la ragazza sembrava essersi volatilizzata senza lasciare tracce.

Si rivestì in fretta e corse giù. Un hotel modesto, ma non dava l'idea di essere un albergo ad ore. Alla reception c'era un ragazzo. Il ragazzo non aveva affatto un'aria complice, ma così se lo era immaginato Vasko prima ancora di vederlo, e si convinse che avesse l'aria complice, e si sentì quindi imbarazzato nel chiedergli notizie della signora che aveva occupato con lui la camera.

Il ragazzo sfogliò il registro; poi disse, cercando di assumere un tono professionale: "il numero della camera, gentilmente"

Vasko, con evidente disappunto, gli rispose che era nella prima stanza sulla sinistra del corridoio del primo piano. Che no, non ricordava quel dannatissimo numero della stanza.

"Ah, la 101". Quindi si mise di nuovo a consultare il registro. "Qui mi risulta una persona sola nella 101. Doppia uso singolo. Anzi, può anche riprendere il documento, è stato registrato", e prelevò dalla bacheca alle sue spalle, lì dove stavano le chiavi delle camere, un libretto rosso con un'aquila a due teste incorniciato da uno stemma.

Vasko lo afferrò con foga, tanto da lasciare interdetto il giovane concierge. Sfogliò velocemente le prime pagine del passaporto russo che aveva fra le mani.

Sbiancò. Era come se una mano possente gli avesse afferrato le budella strizzandogliele con forza. La sua faccia, certo un po' più giovanile, lo fissava immobile in formato tessera. Sotto, era impresso il nome: Sorokin. Sergej Sorokin, nato a Mosca il 21 febbraio del 1966.

"Qualcosa non va?", chiese, solerte ma distaccato, il ragazzo.

Vasko lo guardava senza capire cosa dicesse.

"C'è qualcosa che non va, signore?", insistette quello.

Vasko girò velocemente su se stesso, quasi piroettando, e si precipitò senza rispondere su per le scale, di nuovo in camera.

Chiuse a chiave, e d'istinto diede uno strattone alla porta per controllare che fosse ben serrata. Sentiva i battiti del cuore rimbombargli nelle tempie, mentre con gli occhi vagava rapido alla ricerca di un segno, di un indizio, che la donna che lo aveva condotto lì potesse aver lasciato. Come uno scanner, il suo sguardo passava in rassegna il pavimento, il tappeto, il letto ancora sfatto; seguiva i contorni delle superfici, i comodini, il comò, il tavolino con su il televisore, l'armadio a muro; e poi su fino alla linea dove la parete incontra il soffitto.

Si affacciò nel bagno: asciugamani buttati disordinatamente sul bordo della vasca, il lavabo, la mensola con il portaspazzolini, il WC. Tutto in poco spazio. Niente.

Aprì violentemente i cassetti, quelli dei comodini, quelli del comò, quelli dell'armadio, quelli dell'armadietto del bagno. Alcuni caddero in terra. Vuoti. Tutti.

Nessun segno. Nessun indizio. Era come se in quella stanza avesse dormito solo lui.

Afferrò il cappotto e scese di nuovo.

"Vado via. Voglio saldare", ordinò in tono imperioso.

"Qui risulta pagato in anticipo, gospodin Sorokin. Sì, continuò porgendogli la ricevuta e storcendo la faccia in un innaturale sorriso, tutto pagato all'arrivo"

Vasko prese la ricevuta senza rispondere, e uscì sulla via. Si trovava su una traversa di Vitoshka, a pochi passi dal bar in cui aveva incontrato la donna.

La neve si era quasi del tutto sciolta, lasciando sul selciato solo uno strato di fanghiglia sporca.

L'inquietudine aveva preso il sopravvento sullo stordimento.

Inutile prendersela con il ragazzo della reception, che probabilmente non era neppure presente la sera prima. Chi c'era, sicuramente non avrebbe parlato, ed anche lui, Vasko, aveva le mani legate. Non avrebbe avuto alcun vantaggio ad accostare il suo nome a quello con il quale era stato registrato in albergo: il messaggio che gli avevano voluto mandare era chiaro.

Era da tempo che non fumava, ma ne sentì il bisogno.

Istintivamente si portò la mano alla tasca del cappotto, all'altezza del petto, lì dove un tempo usava mettere i pacchetti di sigarette. Sapeva di non trovar nulla, eppure le sue dita urtarono contro qualcosa di rigido.

Diede una rapida occhiata in giro, giusto per essere sicuro che nessuno lo stesse osservando. Infilò la mano sotto il risvolto e raggiunse l'apertura della tasca interna. Con la mano seguì il contorno dell'oggetto.

*Tastò lievemente gli angoli di un oggetto di plastica rettangolare che aveva riposto in tasca, come a sincerarsi che fosse ancora lì.*

Lo estrasse furtivamente e di nuovo si guardò intorno.

Un elastico stringeva una carta da lettere piegata intorno a qualcosa di rettangolare. Tolse rapidamente l'elastico e scartò quella specie di pacchetto che, nella foga, con difficoltà le mani riuscivano a trattenere.

Un dischetto magnetico. Non più, certo, un floppy disk, ma un più moderno CD ROM. Nessuna intestazione.

Doveva al più presto trovare un computer. La prima idea fu di tornare a casa. Fermò al volo un taxi e indicò l'indirizzo di Sveta Troitza.

La vettura attraversò il tratto finale di Vitoshka, svoltò per Patriark Evtimiy per immettersi infine in boulevard Skobelev. Le facciate anonime dei palazzi erano coperte da lunghi filari di alberi.

Il tassista parlava, non era chiaro se fosse favorevole o contrario al fatto che negli ultimi anni molti parchi erano stati lottizzati e aggrediti dal cemento, per dare case ai giovani, certo, ma poi i bambini dove andavano a giocare, e lui aveva un bambino di poco più di tre anni, e che a Slancev Briag stavano costruendo così tanti alberghi, c'era stato in vacanza l'estate scorsa e non era più come lo ricordava da bambino. Poi si accorse che il passeggero rimaneva assorto nei suoi pensieri e non reagiva alle sue sollecitazioni, e tacque.

Nel labirinto di strade parallele delimitate dagli ippocastani guidò l'autista fino al portone del palazzo dove abitava la sua famiglia.

Quando la macchina si fermò, tuttavia, esitò a scendere. In mente sua si era immaginato il momento dell'incontro con la moglie ed il figlio. Quello che avrebbe dovuto spiegare e quello che non avrebbe potuto spiegare. Gli anni di assenza e di silenzio. Gli anni della solitudine.

Non se la sentì. Non ora, con quel pacchetto fra le mani che aveva urgenza di visionare.

Disse al tassista di procedere oltre, di tornare su Tzar Simeon, e di portarlo al Boulevard Maria Luisa, davanti al comando della Polizia. Lungo la strada, l'autista gli lanciava dallo specchietto retrovisore frequenti occhiate piene di curiosità e di sospetto.

Salì le scale a due a due, e fu a stento fermato dal custode.

"Yanchev, ditegli che giù lo aspetta Mladenov", disse con un tono così imperioso che all'agente di guardia fu impossibile replicare.

Borko scese dopo pochi minuti. Osservò meravigliato Vasko: la sua faccia appariva stravolta.

"Cosa c'è? Potevi salire sopra"

"Non ho molto tempo, ti spiegherò strada facendo"

"Perché, dove dovremmo andare?"

"Hai un computer a casa?"

"Beh, certo. Ma anche qui in centrale ne abbiamo, e di sicuro più potenti di quello che ho a casa"

"Non ha importanza. Prendi il cappotto e andiamo. Ti aspetto fuori"

Borko lo osservò incredulo. Ma la determinazione con cui Vasko parlava lo convinse a seguirlo.

Borko abitava con la madre in un piccolo appartamento di Lyulin. L'abitazione era invasa dai fumi della minestra di verza acida che l'anziana Violeta stava cucinando.

Il ragazzo presentò Vasko alla madre come un amico. La donna gli afferrò la mano con entrambe le sue, grassocce e calde, e lo invitò a restare a pranzo. Vasko declinò, in maniera garbata ma risoluta. Violeta protestò bonaria con il figlio, come se questi dovesse intervenire per convincere l'amico, ma poi allentò la presa e, con evidente rammarico, lo lasciò andare.

Si sistemarono in soggiorno, dove era una piccola scrivania occupata quasi per intero da un grosso monitor.

"E così, sarebbe questo" fece Borko rigirando tra le dita il dischetto magnetico.

"Borko, è importante. Devo poter contare sulla tua fiducia. Oramai non so più di chi mi possa fidare"

Il ragazzo fu sorpreso delle parole di quello che considerava un vecchio collega fuori servizio. Si confuse per un breve istante, tra l'orgoglio e l'imbarazzo.

Vasko accese il computer ed inserì il disco nell'apposito lettore. Una minuscola clessidra apparve sullo schermo, girando a tempo.

Automaticamente partì il programma di lettura del disco. Vasko cliccò sulla finestra dove c'era scritto "Play". Comparve l'icona di un unico file presente. Si trattava di un foglio di calcolo. Il nome era una sequenza di lettere illeggibili. Vasko diede il comando per aprirlo.

Ci vollero alcuni secondi perché il file si aprisse. Tuttavia, il foglio di calcolo era completamente vuoto.

Ed ecco che, subito, un altro programma andò in auto installazione.

"Che cavolo ..." fece Borko, e si avventò sul mouse per cercare di chiudere in tutta fretta quel programma che aveva tutta l'aria di essere un virus.

Tutto inutile: l'installazione procedeva inesorabile, nonostante i tentativi di Borko per arrestarla.

"Aspetta", lo fermò Vasko. Una piccola figurina lampeggiante era comparsa in basso a destra.

Borko provò ad aprirla, ma il computer sembrava non rispondere più a nessun comando.

Quindi, tutto ad un tratto, comparve sullo schermo una finestra di dialogo. Una specie di piccola matita iniziò ad avanzare lungo un rigo ideale, lasciando dietro di sé delle lettere.

*"Salute a te, Sergej"*, furono le prime parole che apparvero.

"Con chi ce l'ha?", chiese Borko.

"Lo so io, maledetto"

Intanto la matita era andata a capo e s'era fatta intermittente.

"Attende che scriviamo qualcosa", suggerì Borko.

Vasko si sistemò alla tastiera e digitò: *"chi sei?"*

*"Un amico disposto ad aiutarti"* uscì scritto sul video.

Vasko pensò prima di rispondere, poi scrisse: *"Non credo di avere amici qui"*

La risposta fu quasi immediata: *"Quello che sta in piedi dietro di te è un tuo amico?"*

Vasko si girò verso Boris Yanchev che, effettivamente, stava in piedi dietro di lui. Boris gli indicò con un cenno la parte superiore del monitor. Una spia verde lampeggiava sopra il piccolo foro della webcam. Sconsolato, scosse la testa.

*"Cosa vuoi?"* gli chiese.

La matita lampeggiante non si mosse.

Vasko pregò Borko di uscire. Quindi ripeté la domanda.

La matita quindi cominciò a camminare sul rigo elettronico, componendo la parola *"Incontrarti"*. Poi, dopo alcuni secondi *"parlare"*.

*"Dove e quando"*

*"Domani, alle 18.00. Mi troverò all'hotel Velina, a Velingrad"*

Vasko si fece pensieroso. *"Come posso riconoscerti?"*

*"A quell'ora amo fare un bagno in piscina"*

*"Perché dovrei fidarmi?"* digitò sulla tastiera.

Nessuna risposta.

*"Perché dovrei fidarmi?"* insistette Vasko.

La finestra di dialogo si chiuse all'improvviso. La spia verde della webcam divenne rossa.

"Bastardo", mormorò Vasko. Chiuse il programma, estrasse il CD dal lettore e lo spezzò in due. Il computer sembrava aver ripreso ad obbedire ai comandi.

Uscì dal soggiorno. Borko era rimasto fermo fuori dalla porta.

"Niente. Ho provato varie volte, ma non ha più risposto. Assurdo. Chi diavolo poteva essere?"

"Certo che qualcosa qui non quadra. Non credo di doverti più lasciare da solo"

114

"Sciocchezze. So badare a me stesso"

"Ma io ho un'indagine da svolgere"

"E io? Chi sarei, un sospetto?"

"Non sei tu, Vasil, il sospetto. Ma la situazione che ti si è creata intorno è molto strana, devi convenirne"

"Convengo", acconsentì Vasko, "ma ora devo andare"

Boris non lo salutò, accompagnandolo con lo sguardo alla porta.

# IX

Arrivò a Velingrad nel primo pomeriggio di venerdì. Le ruote lisce della Ford Mondeo che aveva noleggiato a Sofia slittavano di continuo sulla strada sconnessa e fangosa che stava ora percorrendo.

Ai lati della carreggiata già si accumulava la neve. La melma che si era formata al centro, invece, nascondeva le buche dell'asfalto, impegnando seriamente l'asse e le sospensioni.

Ad un incrocio svoltò a sinistra; a destra cominciava il corso principale della cittadina, chiuso al traffico e pedonalizzato. Si intravedeva una giostra per bambini avvolta in teloni di plastica blu, in attesa della bella stagione.

Attraversò un lungo viale alberato. In alto, i rami spogli si allungavano gli uni verso gli altri, senza riuscire a raggiungersi.

Sul lato destro, il terreno saliva ripido, e sul rilievo si ergevano imponenti alcuni alberghi di nuova costruzione. Ma Vasko ricordava la strada del Velina, che già ai suoi tempi era luogo di turismo privilegiato degli apparati di partito. Gli avevano detto che era stato rinnovato, e bene. E che adesso, in tempo di democrazia, ospitava frequentemente ministri e deputati.

La direzione era quella del lago di Kleptuza. Eppure bisognava svoltare prima, ed era difficile ora, nello squallore che avvolgeva quella scarna periferia, capire dove. Lo vedeva l'albergo, leggermente in alto sulla collina, circondato dai boschi, ma non sapeva come arrivarci.

Un'insegna gli fece prendere a sinistra, per una strada secondaria tra i cui dossi la macchina avanzava beccheggiando. Ad un lato vi era una fila di case anonime e basse, in cemento grezzo; all'altro, un ampio prato incolto indurito dal ghiaccio. Lo costeggiò, per poi inerpicarsi lungo la collina, passando per un vecchio cancello aperto e arrugginito, che a nulla più serviva; accanto, un rudere che un tempo doveva essere una specie di avamposto del complesso che si sviluppava più in alto.

Dopo un paio di curve la strada s'addentrava nei boschi, per poi sfociare, poco più avanti, nello spiazzo inclinato su cui dava l'ingresso dell'albergo. Un assonnato e attempato custode in divisa rossa gli indicò dove parcheggiare, e con passo indolente gli si avvicinò a prendere il bagaglio.

L'uomo camminava curvo, e fermandosi si raddrizzava scrollando le gambe, come se a ogni passo i pantaloni avessero risalito di qualche centimetro la vita e occorresse quel gesto per farli tornare al punto di partenza.

Vasko aveva deciso di restare a dormire per la notte. Come fu entrato nell'ampio salone di ingresso, gettò un'occhiata ai divani centrali. Osservò con attenzione un ragazzo che giocava con un bambino e un uomo calvo che leggeva il giornale. Si domandò se uno dei due potesse essere colui che voleva incontrarlo.

Una voce dalla reception lo costrinse a girarsi, e ad interrompere le sue valutazioni. Gli chiedeva quante notti intendesse trattenersi e se era da solo. Vasko rispose distrattamente; poi la voce, che cercava d'essere gentile, cominciò a parlargli, a spiegargli qualcosa sulle virtù delle acque termali, a illustrargli i trattamenti che erano inclusi e quelli che non erano inclusi nel prezzo. Vasko guardò le lancette dell'orologio a parete alle spalle di una ragazza in tailleur. Le 16 e 40. Giusto il tempo di darsi una rinfrescata in camera, di cambiarsi, e scendere in piscina.

"Dove devo firmare?" chiese, interrompendo bruscamente l'elogio dei benefici della talassoterapia.

La ragazza in tailleur riuscì a passare con grande professionalità dall'immediato stupore alla disinvoltura nel prendere dei moduli e indicare il rigo su cui doveva essere apposta la firma.

Non notò il breve indugio che il cliente ebbe prima di tracciare il proprio nome lì dove gli era stato indicato. E quando chiese il documento, verificò che la firma risultante dal passaporto russo che le era stato dato coincideva senz'altro con quella apposta in sua presenza.

"Le auguro una buona permanenza, gospodin Sorokin", gli disse allegramente nel porgergli la chiave della camera.

Prima di avviarsi al primo piano, Sergej si affacciò alle vetrate che davano sulla piscina esterna, contornata per due lati dalla hall e dalla

118

sala ristorante, e per gli altri due dai boschi che salivano rapidi su per la collina. L'impressione generale era di vuoto. Il ristorante era chiuso a quell'ora, e la notte già imprigionava le cime più alte degli alberi. A bordo piscina, la luce dei lampioncini si perdeva in piccole nuvole ovattate di umidità.

Aprì la valigia sul letto e ne estrasse solo il cambio per gli indumenti intimi, una camicia e un costume da bagno. Poi la richiuse e la spostò sul pavimento. Lasciò camicia, slip e calzini puliti sul letto, si levò gli abiti del viaggio e si infilò il costume. Poi prese dal bagno l'accappatoio e le ciabatte in dotazione e uscì sul corridoio.

Fuori aveva ripreso a nevicare, ed era piacevole vedere il freddo restare confinato al di là dei vetri spessi delle finestre.

Scese una rampa di scale e al termine di un lungo corridoio si ritrovò negli spogliatoi. A destra c'erano le sale per i massaggi e l'ingresso del centro benessere.

Dalla piscina proveniva, attutito, il rumore regolare e cadenzato delle bracciate e il respiro forzato, ma non affannato, di un nuotatore.

Vasko si affacciò nell'ampio ambiente umido, odoroso di cloro. Le lancette su un grande quadrante d'epoca sovietica, con numeri romani, posizionato in alto, ad uno dei lati lunghi della vasca, indicavano le sei meno cinque.

Si sedette su un lettino in legno chiaro ai bordi della piscina, dando le spalle all'ampia vetrata che si apriva sul giardino, in attesa.

Una coppia di ragazze, coi capelli raccolti dietro la nuca, chiacchieravano sedute sul bordo opposto, sollevando di tanto in tanto i piedi dall'acqua e facendoli ricadere, schizzandosi a vicenda.

Un uomo grasso si levò dal lettino, si strinse in vita la cinta dell'accappatoio e si diresse verso le saune.

Un altro, ritto su una seggiola e dal torace visibilmente incavato, posò il quotidiano che stava leggendo in terra e si allontanò ciabattando.

Poco dopo, l'uomo che nuotava si fermò, aggrappandosi con le mani al bordo, e respirando piano e profondamente. Poi, salì la scaletta, e allargò il costume che gli aderiva alla pelle legandogli i movimenti. Una pozza d'acqua si era formata nel punto in cui era uscito.

Ogni più lieve rumore echeggiava ravvicinato, rimbalzando tra le vetrate e la superficie liquida della vasca.

Nel frattempo era entrato un uomo, dal fisico asciutto ed atletico, anche se doveva aver passato la sessantina. Diede uno sguardo in giro; quindi si diresse deciso verso il lato corto della piscina opposto a quello dove si trovava Vasko. Si fermò sul bordo, si tuffò di testa e per un tratto scomparve alla vista. Riemerse dopo qualche secondo al centro della vasca, battendo l'acqua con poderose bracciate.

Percorse più volte la lunghezza della corsia, alternando stile libero e dorso. Alla fine uscì di slancio, proprio di fronte a Vasko, sollevandosi sulle braccia e mettendosi a sedere sul bordo. Inarcò in avanti la schiena, respirando profondamente. Si tamponò con il palmo della mano l'orecchio, chinando da un lato la testa e

120

stendendo il braccio opposto, in modo da far uscire l'acqua che vi era entrata.

Vasko era rimasto a fissarlo, e così gli parve naturale che l'uomo, alzatosi, si avvicinasse a lui.

"Perché non si rilassa? Si stenda, si metta comodo. E' un luogo di delizie e di riposo, questo", gli fece non appena si fu messo a sedere sul lettino a fianco al suo.

"Ci sto provando, glielo assicuro, ma non mi state rendendo la cosa facile"

"Avanti, cerchiamo di mostrarci naturali"

"Mi dica chi è lei, allora, per cominciare, e cosa vuole da me"

"Sono un amico. Mi consideri tale. E voglio aiutarla"

"La sto ascoltando"

"E' passato del tempo, gospodin Sorokin. Lei ricorda, immagino, la sua ultima missione in terra bulgara. Recuperare qualcosa di importante, di molto importante, e riportarlo lì dove era stato sottratto. Il problema è che lei non ha mai davvero saputo di cosa si trattasse. Sbaglio?"

"Qualcosa avevo saputo, sì. Ma niente di preciso", ammise Vasko con riluttanza. Era inutile negare, quell'uomo conosceva fin troppi particolari.

"Ovviamente sapeva che si trattava di un dischetto, un banale dischetto da 3,5 pollici. Ma le era ignoto il contenuto. Suppongo che abbia intuito qualcosa, ma sempre poco per poter farsi una precisa idea"

121

"Sapevo che conteneva un elenco di società. Niente altro"

"Esatto. E non solo …"

"Sì, ma tutto questo sembra sinceramente assurdo. Stiamo parlando di un altro mondo, un'altra epoca. C'era ancora l'Unione Sovietica e il regime comunista"

"E le pare una realtà così distante e remota?", fece l'uomo, aprendosi in un sorriso sincero che lasciò Vasko senza parole.

"Ascolti, riprese l'uomo,  non so quale strana ragione l'ha spinta a tornare in questi luoghi. Faccio delle congetture, ma non riesco a spiegarmi del tutto un'azione così sconsiderata"

"Azione sconsiderata? Che avrei dovuto fare? Mi hanno mandato a chiamare dalla polizia. Sono stato tirato in ballo da qualcuno che ha voluto che il mio nome fosse collegato al ritrovamento del cadavere di una povera donna in un parco"

"Ah sì", disse ridendo l'altro, "e alla polizia l'hanno bevuta questa storia?"

Vasko si fece rosso in volto e alterò la voce: "cosa vuole insinuare? Me lo dica, avanti. Sa molte cose, lei, ma con me questo gioco non regge"

"Suvvia, si calmi, non si faccia notare. Di lei so molte più cose di quel che immagina. So che all'epoca si faceva chiamare Anton Goranov, ad esempio, ma che una volta giunto a Mosca divenne Sergej Sorokin. Adesso è più semplicemente il signor Mladenov, Vasil Mladenov. Penso sia sufficiente a renderla un po' più ragionevole"

Vasko ammutolì. Poi annuì col capo. "Vada avanti", disse a mezza voce.

"Quel dischetto, quell'elenco di società, come dice lei, è estremamente pericoloso. Chiunque ne è venuto in contatto ha fatto una brutta fine. Per questo mi lascia perplesso il fatto che lei abbia fatto ritorno qui. E, per giunta, sulle tracce di questo oggetto"

"Io non sono sulle tracce di quest'oggetto, come glielo devo dire?", provò ad obiettare Vasko, senza più molta convinzione.

L'uomo scosse la testa. "Può dire quel che vuole, Mladenov. Non mi convincerà del contrario. Se lei è qui, è tornato per quel dischetto"

"Ma lei stesso ha detto che non ho mai saputo quale ne fosse il contenuto. Perché dovrei rischiare la vita per un qualcosa che non so neppure cosa sia?"

"Perché vale molti, molti soldi, ad esempio. E perché ci sono diverse persone che li pagherebbero, questi soldi, per avere quel dischetto. O per farlo sparire definitivamente"

"D'accordo. Ammettiamo pure. Ma io sono tornato per altro. E sto cercando altro. Sto cercando, per l'appunto, chi mi ha voluto tirare in ballo in questa storia, e perché"

"Fossi in lei, io qualche idea l'avrei. Le sembra veramente così strano?"

"Avanti, mi dica la sua teoria"

L'uomo sorrise e si chinò in avanti, di modo da esser più vicino a Vasko.

"Ma sì, visto che dobbiamo giocare, giochiamo. Allora, lei ha avuto l'incarico di recuperare un oggetto, non deve chiedere e non deve sapere. La sua missione è quella: recuperare l'oggetto e riportarlo alla base. D'altra parte è addestrato a non farsi troppe domande. Nel suo lavoro può rivelarsi pericoloso. Ha un obiettivo, un corriere, quello che nel nostro gioco ha ricevuto l'oggetto misterioso ed ha avuto l'ordine di passarlo in un dato posto, ad una data ora, a determinate persone, che non conosce e non deve conoscere. Mi dica se sbaglio."

"Se sbaglia non lo so. E' un gioco, l'ha detto lei"

L'uomo sembrava divertito dalla risposta di Vasko, e proseguì: "bene. Lei conosce il suo obiettivo, se lo lavora per un po'. Entra nella sua fiducia, e sa in anticipo le sue mosse. In particolare, sa il dato posto e la data ora"

Vasko lo guardò. Si sforzò di apparire ironico e sicuro di sé.

"Precede le persone che il corriere avrebbe dovuto incontrare. Si apposta. L'obiettivo è a portata di tiro", e imitò con la mano una pistola, o un fucile, e fece finta di prendere la mira spostandola da una all'altra delle persone che si trovavano in quel momento in piscina. Finché la fermò, centrò una delle ragazze che ora camminava verso la sauna facendo del pollice alzato un mirino, e "pam!" gridò, sollevando la mano in alto, come per effetto del rinculo.

Girò lentamente il viso verso Vasko. Il sorriso si era mutato in ghigno.

124

"Cosa vuole da me?", chiese brusco Vasko.

L'uomo si alzò, girandosi a cercare qualcosa. Prese l'accappatoio lasciato sul lettino e lo indossò. "Sa", disse, "comincio a sentire un po' freddo"

Sfregò le mani, e si stese. Poi continuò: "Lei dice che è venuto fin qui per cercare chi l'ha tirata in ballo. Ammettiamo pure. E però, così lei avvalora l'idea che chi l'ha costretta a venire avesse un motivo, e che lei sappia esattamente quale sia. Se no, di certo non si sarebbe preso il disturbo. Uno scherzo di cattivo gusto, ma non vale il viaggio"

"Accetto l'osservazione"

"Bene, e qui torniamo alla casella di partenza"

"Mi perdoni, ma non ho presente la plancia di gioco. Quale sarebbe la casella di partenza?"

L'uomo sorrise. "Il dischetto, ovviamente"

"Pensavo fosse quella di arrivo"

Lo guardò, facendo scorrere la lingua sulle gengive superiori, con la bocca leggermente aperta. "Lei è sagace, signor Mladenov. Ma la sostanza non cambia, è lo stesso. Nel nostro gioco, la casella di arrivo coincide con quella di partenza"

"Mi lasci indovinare. Lei vuole che io le recuperi il dischetto?"

"Sono disposto a pagarglielo, ovviamente. E molto"

"Perché dovrei farlo? Insomma, ammettiamo che la sua ricostruzione abbia un minimo fondamento … questo significa che io sono qui già per conto di qualcuno, e a quel qualcuno dovrò rendere conto poi. Mi esporrei inutilmente al pericolo, se cedessi a lei il dischetto"

"Lei è già in pericolo, e lo sa. Indipendentemente da me. Ma non ho detto che lei sia qui per conto di qualcuno. Sono particolari che mi sta svelando lei"

"Faccio solo delle ipotesi, non ho pretese di verità"

"Capisco", fece l'uomo, risollevandosi a sedere. "Ad ogni modo, sta a lei. Sa per cosa l'ho cercata, sa cosa voglio. Sono disponibile a discutere qualunque offerta". Si alzò.

"Non mi ha detto, però, cosa contiene questo dischetto"

"Lo ha detto lei, è un elenco di società", disse ridendo, e si diresse a passo deciso verso la zona delle saune.

Vasko restò a lungo disteso sul lettino, incapace di muoversi. I pensieri gli si affollavano alla mente e non trovavano sbocco. Era come se tutti convergessero verso un unico punto di fuga, troppo stretto per consentirne il passaggio. E così fossero bloccati tutti all'interno, ostacolandosi a vicenda, senza possibilità di uscita.

Le lancette sul grande quadrante segnavano ora le sette e un quarto. La piscina cominciava a svuotarsi. I fari in giardino gettavano all'interno le ombre spettrali dei rami ghiacciati degli alberi.

Alla fine, si alzò.

Sostituendo alla massa di pensieri che avevano invaso senza scopo la sua testa poco prima un'unica, semplice esigenza fisica, si sentì risollevato.

126

Per arrivare ai bagni dovette passare davanti ai locali della sauna. Decise così, dopo aver soddisfatto il suo bisogno, di entrare nella stanzetta rivestita di legno chiaro, al momento vuota.

In un angolo a destra dell'entrata era posizionato un grosso secchio pieno d'acqua e una specie di mestolo, di modo che si potesse autonomamente regolare la temperatura e l'umidità dell'ambiente. Come fu dentro, Vasko provvide a versare sul braciere l'acqua, che subito evaporò sfrigolando in una nuvola di vapore.

Girò la clessidra a muro, posta a lato del termometro, per calcolare il tempo massimo di permanenza. Respirò a fondo, sentendo un fuoco caldo salirgli su per le narici. Afferrò delle foglie di alloro appese in un fascio a lato della panca su cui era seduto, le spezzò e se le strofinò sotto il naso.

Lentamente sprofondò in una sensazione di generale rilassatezza. Si sdraiò sulla panca, massaggiandosi il corpo completamente bagnato.

Diede un'occhiata alla clessidra. La sabbia era già scesa per due terzi nella parte inferiore.

Si rimise a sedere, perché in basso il calore risultava troppo intenso. Di nuovo inspirò, di nuovo si portò al naso le foglie di alloro. Si passò una mano sulla fronte e fra i capelli, per arginare le gocce che copiose gli scendevano sugli occhi.

La pelle del viso già gli sembrava più liscia e morbida. Si portò una mano alla pancia, con soddisfazione.

Guardò ancora la clessidra. La sabbia aveva quasi terminato la sua caduta verso il basso. Gli ultimi minuti erano i più duri, lo sapeva. Il respiro si faceva più affannoso, ed il caldo e l'umidità erano più opprimenti.

Si alzò in piedi, cercando di recuperare aria più fresca nella zona alta della stanzetta.

Con sollievo osservò gli ultimi granelli passare dal piccolo foro di passaggio e scendere giù. Quasi di slancio arrivò alla porta.

La spinse. La tirò a sé. La porta non si muoveva. Dal vetro spesso annebbiato dal vapore non era visibile l'esterno. Vi passò la mano sopra, come fanno i bambini d'inverno alla finestra.

Cercando di mantenere la calma, Vasko provò a ripetere l'operazione: tirò, spinse, prima piano, poi con più forza, strattonando la piccola maniglia ad anello. Niente. La porta restava chiusa.

Delle ombre nere iniziarono a velargli la vista, e Vasko dovette raccogliere tutte le sue forze per restare vigile.

Fece un paio di giri, nervoso, per quell'ambiente ristretto, come una tigre in gabbia. Si avvicinò di nuovo alla porta, e cominciò a battere violentemente con i pugni contro il vetro, ma nessuno sembrava accorgersi della sua presenza.

Cercava di respirare ad intervalli regolari, ma l'aria gli bruciava ormai i polmoni.

Afferrò il mestolo e con quello tentò di sfondare il vetro. Colpì una, due, tre volte, sempre nello stesso punto, con tutta la forza che aveva, ma il vetro era spesso, e non cedeva.

La pelle gli bruciava. Aveva la sensazione di stare evaporando.

Si sedette sulla panca di legno su cui prima era stato sdraiato, e che ora gli sembrava bollente. Cercò di riprendere la calma, ma gli riuscì solo di stare fermo dieci secondi, e poi si rialzò di scatto, ancora più smarrito.

Tornò al vetro della porta, come una mosca impazzita torna a sbattere di continuo senza trovare via d'uscita.

Sentì le gambe cedere, e fece uno sforzo per tenere ancora aperti gli occhi. Soffocava. Si aggrappò con entrambe le mani all'anello della porta, e scivolò lentamente sul pavimento.


L'aria fresca all'esterno lo investì come se gli avessero gettato sul capo un secchio d'acqua ghiacciata.

Riaprendo gli occhi, le immagini gli apparvero confuse e sfocate. Vedeva un viso affacciarsi sopra di lui, ma non ne distingueva i contorni.

"Un altro paio di minuti e ci saresti rimasto secco", gli fece una voce che gli sembrò venire da molto lontano. "Per fortuna ti avevo seguito fin qui", continuò poi, "questa è la seconda volta che ti salvo la vita"

"Borko?" chiese Vasko rialzandosi a fatica sui gomiti.

Borko emise un mugugno indispettito.

"Cosa diavolo ci fai qui? Mi stai pedinando?"

"E ringrazia il cielo. Aspetta che ti vado a prendere dell'acqua; hai bisogno di bere"

Vasko tornò a stendersi sul pavimento, in attesa che Borko tornasse con un bicchiere d'acqua.

"Hai davvero la capacità di metterti in guai. Almeno hai capito chi ti vuole fare fuori?"

"Fare fuori? Tu credi mi vogliano fare fuori?"

"E che, allora?"

"No, non credo, non ancora, almeno. Adesso sarebbe inutile"

"Che stai dicendo?"

Vasko bevve con avidità fino all'ultimo sorso, poi rese il bicchiere a Borko.

"Come mi hai trovato?", gli chiese.

"Sono un poliziotto. Faccio il mio mestiere"

"Bene, allora grazie per avermi salvato e arrivederci" e, detto questo, si alzò in piedi. Barcollò un poco, giusto quel tanto che gli ci volle per riprendere le forze. Poi, cercando di impostare il passo ad ostentata sicurezza, raggiunse il corridoio che portava agli ascensori.


Per tutta la cena si sentì osservato da Boris Yanchev, che sedeva tre tavoli più in là, di fronte a lui. L'uomo con il quale aveva avuto l'incontro in piscina, invece, non era sceso al ristorante.

Ordinò schkembé ciorbà, zuppa di trippa cotta nel latte, e la condì con paprika piccante e succo d'aglio. Il piatto era indicato per una serata fredda.

Mangiava e osservava Borko. Borko aveva davanti un ricco spiedone di carni miste grigliate con contorno di verdure. Beveva Mavrud. Alzò il bicchiere di vino al suo indirizzo, alla sua salute.

Vasko fece finta di non vederlo, e piegò la testa sul piatto. Avrebbe giurato di averlo visto sorridere.

Dopo cena passò per la hall, e si sedette sui divani in cuoio, non lontano dal camino. Gli piaceva osservare il fuoco nascere dal legno in crepitii e scoppiettii, sollevarsi e ripiegarsi su se stesso, muoversi ondulante sulla cresta, gettare bagliori nelle ombre tra il muro e la cappa. Gli piaceva guardare con incanto bambino i tizzoni che sembravano accendersi di luce propria, dall'interno, colorandosi di un rosso intenso, per poi spegnersi a intervalli regolari, come se potesse così seguire il respiro stesso del fuoco vivo.

Quando passò dalla reception per farsi dare la chiave, il concierge gli restituì il passaporto che aveva consegnato all'arrivo.
"Ah, gospodin Sorokin" disse "gospodin Penev ha lasciato un messaggio per lei", e gli passò un biglietto scritto a mano.
"Gospodin Penev?" chiese Vasko meravigliato, ma poi subito aprì il biglietto e lesse. Penev lo attendeva con urgenza al lago di Kleptuza. Ricordava intorno al lago dei piacevoli ristoranti che d'estate mettono fuori i tavolini. Adesso era inverno, e fuori aveva ripreso a cadere la neve.

Andò velocemente in camera a recuperare un cappotto, un paio di guanti, sciarpa e cappello, e ridiscese. Avendo cura di non essere osservato non passò dalla hall, e raggiunse direttamente il parcheggio.

Entrò in macchina guardandosi intorno. Nel piazzale non c'era nessuno. Avviò il motore e si mosse al principio a fari spenti, accendendoli solo quando fu in fondo al vialetto d'ingresso.

La macchina scivolava pericolosamente sulla strada ghiacciata. Innestata la prima, Vasko cercava di frenare il meno possibile, assecondando il movimento delle ruote.

Non fu cosa facile, perché fino a valle, sulla strada poco trafficata che conduceva all'albergo, non era stato sparso il sale, e con le temperature notturne si era formato uno spesso strato di ghiaccio.

Avanzò lentamente fra i cumuli di neve spalati di fresco, cercando di evitare gli avvallamenti dove le gomme potessero perdere presa.

Fermò la macchina in uno spiazzo buio in mezzo agli alberi. Scese lasciando accesi i fari, così che illuminassero il tratto di bosco davanti a lui, e avanzò con cautela.

Dopo alcuni metri vi era uno stretto ponticello che portava alle sponde del lago.

I ristoranti erano chiusi, le luci intorno spente.

Un tempo era abituato ai rumori della natura notturna. Ancora, nelle tiepide serate estive, restava a volte in ascolto, attento, per riconoscerne i suoni, echi di gufi e frinire di grilli. Ma l'inverno donava al silenzio una fissità sacra, che qualunque presenza umana rischiava di profanare.

Per questo tratteneva il respiro ed esitava il passo.

Eppure, quello stesso silenzio acuiva i suoi sensi, sensi altrimenti mediocri, corrotti dalla vita cittadina, riportandoli al loro grado massimo, ferino.

Così la natura faceva sì che l'intruso non fosse più tale, riassorbendolo in se stessa.


Avanzava guardingo, e nel buio, sul terreno coperto di neve, e sullo specchio ghiacciato del lago, affinava la sua vista ed il suo udito.

Come una fiera, studiava attento il suo terreno di caccia.

Uno spicchio di luna scendeva infilandosi fra i rami e lasciava in terra una luce azzurrognola. Il lago era un buco nero, un immenso spazio vuoto interrotto solo da un bagliore riflesso, lontano.

# X

Le porte del metrò si aprirono. Vasko esitò un istante, si guardò intorno. Era visibilmente agitato. Sapeva di essere seguito, ma non sapeva da chi.

Una voce meccanica annunciò che le porte stavano per chiudersi.

Inspirò profondamente, si fece coraggio ed entrò.

Studiò rapidamente le persone presenti nel vagone: una vecchia dai piedi gonfi e dalle calze scure; un uomo in giacca e cravatta che leggeva un quotidiano con la spalla appoggiata alla parete; tre adolescenti che ciondolavano attorno ai sostegni; una ragazza in gonna corta che sarebbe potuta essere una commessa di uno dei negozi del centro; un uomo grasso ed eccessivamente sudato.

Nessuno sembrava essere potenzialmente pericoloso.

La donna anziana si era appisolata sulle sue buste della spesa. L'uomo grasso tirò fuori dalla tasca un fazzoletto già unto e se lo passò sulla fronte. Un adolescente dondolò avanti ed indietro appendendosi ad uno dei sostegni orizzontali.

Il rumore uniforme del treno sulle rotaie si interruppe per un breve tratto, quando incrociò il convoglio che procedeva in senso inverso.

La ragazza con la gonna corta si alzò dal suo posto facendo un mezzo giro su se stessa. I tre ragazzi si scambiarono un'occhiata. L'uomo in giacca sollevò lo sguardo oltre le pagine del quotidiano e squadrò la giovane dalle caviglie in su, fino alla vita. Girò la testa, poi, come a sincerarsi che nessuno avesse visto, e si immerse di nuovo nella lettura.

Ad un tratto, Vasko percepì una presenza nuova, dei passi decisi che si dirigevano verso di lui.

La voce meccanica annunciò la fermata successiva, quella di Zapaden Park. Vasko restò fermo. Rivolto verso le porte chiuse, sentì il fiato di qualcuno pesargli sulla spalla destra; non l'aveva visto in faccia, ma sapeva che era colui che lo stava seguendo.

Si scostò quando le porte si aprirono, senza voltare il capo, come a lasciar passare chi avesse voluto scendere. L'altro rimase dietro di lui.

La voce meccanica intimò di scostarsi, che le porte stavano per richiudersi.

Attese un istante ancora. Come colse il movimento delle porte in chiusura, si lanciò fuori dalla carrozza, rovinando sulla banchina. Assieme allo scatto delle porte, avrebbe giurato di aver sentito un suono sordo, come un tonfo, un pugno. L'estremo tentativo del suo inseguitore di non perderlo.

Si rialzò un po' dolorante, passandosi una mano sui pantaloni, come a scrollarsi di dosso un immaginario velo di polvere che vi si fosse posato sopra.

Poi, tutto a un tratto, lo spazio cavo della banchina fu invaso da un rombo forte, subito seguito da un vento caldo, innaturale.

Un boato. Il tunnel della metropolitana improvvisamente vomitò fuori una palla di fuoco. E il vento si fece tempesta.

Vasko fece appena in tempo a gettarsi nuovamente in terra, ed il fuoco, carico di rottami incandescenti scagliati a tutta velocità, gli passò sopra in un istante.

Non avrebbe saputo dire perché il convoglio fosse esploso, e se vi fosse un legame tra la presenza che lo incalzava e l'esplosione stessa. Quando si gettò in terra e sentì l'ammasso rovente sibilargli sul capo, si destò di colpo, nella sua camera d'albergo a Velingrad.

Giaceva vestito, così come era rincasato la notte precedente. Boris Yanchev sedeva con aria seria e desolata ai piedi del letto.

"Mi spiace, davvero …", gli disse questi, sollevando un paio di manette con la mano destra.

"Cosa? Che significa?", fece Vasko, cercando di mettere rapidamente a fuoco la situazione.

"Vladimir Penev è stato ucciso questa notte. L'hanno trovato stamattina nel lago"

L'immagine di un corpo riverso, catturato nel ghiaccio, gli si presentò nitida alla mente. La luna rischiarava le sottili crepe che si irradiavano intorno alla figura immobile.

"E con questo?", cercò di difendersi Vasko, visibilmente incredulo.

136

"Con questo, Vasil, significa che sei in un mare di guai. Hai dato abbastanza nell'occhio, ieri pomeriggio, quando discutevi animatamente con Penev ai bordi della piscina. E il portiere dell'albergo ricorda perfettamente di averti consegnato un messaggio da parte sua in serata. Gli aveva dato un'occhiata, prima, e si trattava di un appuntamento: Penev ti chiedeva di incontrarlo al lago. Certo, ti sei registrato come Sorokin, e hai consegnato un passaporto russo, e sotto questo nome ti conosceva Penev. Ma sono dettagli, e spero vorrai collaborare per chiarire anche questi …"

"Aspetta, aspetta, Borko. Non vedi che è tutto un imbroglio? Per i nomi posso spiegarti, ma per il resto … no, non l'ho ucciso io, devi credermi"

"Ti prego, non rendere la cosa più difficile di quanto già non sia"

"Ma non capisci che qualcuno sta tentando di incastrarmi? Ero io che ieri sera stavo soffocando chiuso dentro una sauna, o già non ricordi di avermi salvato?"

"Un'altra cosa …", continuò Borko, come non avesse sentito le sue ultime parole. "Ho ricevuto un paio d'ore fa i risultati delle analisi della scientifica. Il DNA del cadavere ritrovato a Zapaden Park è incompatibile con quello di Anida Dimovska"

Vasko raggelò. Era chiaro, era già chiaro dal principio. Si trattava solo di una conferma a quanto già sapeva, ma la notizia lo scosse, comunque.

Boris Yanchev gli si avvicinò facendo scattare la chiusura delle manette.

"No, Borko, non è come credi. Ma ragiona. L'hai ammesso tu stesso che sono solo un'esca qui. I giochi si stanno facendo altrove"

"Sarà come vuoi, ma i fatti di questa notte cambiano un po' la prospettiva"

"Chi ha cercato di far fuori me avrà avuto interesse a far fuori pure Penev, non credi?"

"Mladenov, non so per quale diavolo di motivo abbiate discusso, tu e Penev, ieri pomeriggio. I toni non erano amichevoli, e tanto basta a renderti sospetto"

"I toni non erano amichevoli? Ebbene, lo vuoi sapere? Penev mi ha fatto venire fin qui. Prima di ieri non lo conoscevo neppure. E stanotte avrei dovuto ucciderlo?"

"Tutto lo fa credere"

"Borko, io non so nulla, e nulla voglio sapere. Ci siamo addentrati in terreni pericolosi e scivolosi. Quel Penev, l'uomo che ho conosciuto ieri, farneticava di complotti e di spionaggi, per questo l'ho affrontato. Ho avuto la sensazione di aver solo perso il mio tempo ad accettare il suo invito, e allora ho alzato la voce. Ma un diverbio, tutto qui, immagini che per una sciocchezza del genere si uccida?"

"E di quali complotti avrebbe parlato?"

"Ma non so, davvero sembravano piuttosto farneticazioni"

"Forse non lo erano, se poi alcune ore dopo è stato ucciso"

"Parlava di un gruppo eversivo molto pericoloso, in possesso di importanti segreti di interesse nazionale. Non so come, ma conosceva molti particolari riguardanti la vicenda su cui stiamo

138

indagando, e lui stesso mi diceva di temere che potesse succedergli qualcosa, proprio a causa delle informazioni di cui era in possesso"

Borko rimase in attesa di altro.

"Credeva che io conoscessi tutti coloro che avrebbero fatto parte di questo fantomatico gruppo, e che sapessi dove trovarli"

"E perché ti avrebbe dato appuntamento di notte in un luogo isolato?"

"Non so, in pomeriggio aveva accennato a delle prove da mostrarmi; ho pensato che avesse scelto quel posto per evitare sguardi indiscreti"

Borko scosse la testa, evidentemente poco soddisfatto della spiegazione. "Spiacente, ma devi venire con me" gli fece, afferrandolo per un polso.

Vasko non esitò. Con prontezza rigirò la mano che lo aveva stretto e, in un istante, Borko si ritrovò con il braccio bloccato dietro la schiena e la testa premuta contro la struttura in ferro della spalliera ai piedi del letto.

"Stai facendo un grosso errore, Vasil", gemette Borko.

"Spiacente, ma l'errore è il tuo, Boris. Non posso proprio seguirti, in questo momento", e lo afferrò per i capelli, tirandoli a sé. Borko gridò per il dolore. Poi, la sua testa cozzò due, tre volte, contro le sbarre in ferro della spalliera, con tutta la violenza possibile. Vasko lasciò la presa soltanto quando fu sicuro che avesse perso conoscenza.

"Stupido ragazzo", commentò fra sé, "ti avevo detto che ti stavi sbagliando"

Con estrema calma si guardò intorno.

Recuperò un coltello dal suo bagaglio e recise le corde delle tende. Con quelle legò saldamente i polsi e le caviglie di Boris ai capi del letto. Recuperò dal bagno un asciugamano e glielo ficcò in bocca.

Adesso aveva un po' più di tempo per sistemare le sue cose. Chiuse rapidamente lo zaino, indossò il cappotto e richiuse dietro di sé la porta della camera, lasciando sulla maniglia l'avviso di non disturbare.

Non poteva sapere se Boris avesse comunicato le sue conclusioni a qualcun altro, e non ritenne opportuno passare dalla reception.

Prese le scale di servizio ed uscì direttamente nel piccolo giardino sul retro della piscina, a quell'ora e in quella stagione completamente vuoto; si incamminò quindi per i boschi che da lì partivano.

Man mano che saliva, gli alberi si infittivano e nascondevano alla vista la struttura dell'albergo, che restava più in basso.

Inspirò profondamente l'aria frizzante del mattino. Di nuovo, dopo tanti anni, erano i boschi a coprire la sua fuga. E, forse, da allora, non si era mai sentito così bene.

Quando fu certo di essere sufficientemente lontano sollevò il pantalone fino al ginocchio ed abbassò il calzino, estraendone un piccolo taccuino nero.

Lo aprì ad una delle ultime pagine. Lesse il suo nome, cancellato da un tratto deciso di penna, seguito da una serie di informazioni riguardanti gli spostamenti che aveva effettuato durante i primi giorni del soggiorno in Bulgaria.

Raggiunta, con un largo giro, la strada, Vasko cominciò a camminare lungo il ciglio, levando in alto la mano col pollice disteso al passaggio delle auto. Con lo zaino sulle spalle aveva tutta l'aria di essere un autostoppista, e una vecchia Ford, che sembrava ormai essere adibita più al trasporto di animali da cortile che di cristiani, si fermò a raccoglierlo.

"Dov'è che vai?", gli chiese il vecchio alla guida.

"A Sofia"

"Hai parenti lì?"

"Ho la mia donna, mi aspetta"

"Io vado a Pazardjik. Ti lascio al bivio, se ti sta bene"

"Vengo con te a Pazardjik, preferisco. Da lì prendo un mezzo"

"Come vuoi"

A Pazardjik si fece lasciare nei pressi della stazione. Sapeva che sarebbe stato rischioso entrare così, presentarsi alla biglietteria, salire su un treno. Era un ricercato, ora, e probabilmente la sua foto era già stata ampiamente diffusa.

Aspettò paziente, sedendo nell'erba ancora alta, ai margini dello scalo, lungo i binari. Si accese la sigaretta chiesta, poco prima di scendere, all'uomo che gli aveva dato un passaggio. Era da tempo, non riusciva a ricordare quanto, che non fumava. Ed il profumo del tabacco gli accese il ricordo di epoche passate. Di altre fughe.

Quando i vagoni carichi di merci cominciarono a sfilargli accanto si alzò, inspirò forte per darsi coraggio, prese una breve rincorsa e di slancio si aggrappò al maniglione, saltando. Sentì una fitta salirgli su per il braccio, ma riuscì in ogni caso a resistere e a guadagnare la piattaforma.

Un tempo tutto sarebbe stato più agevole, l'età cominciava a giocargli contro.

Si lasciò andare poggiando le spalle ad una cassa che, per quel che c'era scritto sopra, avrebbe dovuto contenere detersivi. Con una mano si massaggiò il braccio dolorante.

Riprese il taccuino e iniziò a sfogliarlo dalla prima pagina. Penev aveva svolto un prezioso lavoro. Nomi, indirizzi, attività rilevanti. Tutto era stato seguito e annotato.

Il primo nome era quello di Vladimir Dimanov, seguito dalla data di nascita, 21 luglio 1992.

"Strano, un ragazzo", pensò Vasko.

Gli appunti seguivano quelli che avrebbero potuto essere spostamenti lungo un percorso che da Sofia era passato per Montana ed era finito poi a Vidin.

Girò pagina.

Aleksandar Boychev, 4 settembre 1998. Sofia, viale Christo Botev 148. Ministero dell'Economia, filiale di Sliven. Pleven.

Vasko sollevò il capo verso il paesaggio esterno in movimento. Macchie di verde e di grigio e di marrone, che i suoi occhi inseguivano per brevi attimi, trattenendole sospese, per poi lasciarle andare, nell'impossibilità di afferrarne i dettagli.

Pensava senza riuscire davvero a raccogliere i pensieri in ordine coerente. Divagava, mentre la sua mente restava sospesa sui campi e sui rami spogli in corsa.

Quando il convoglio rallentò, poco prima di entrare nella stazione di Sofia, Vasko saltò giù, in un punto in cui il terreno sembrava più soffice. Toccò il suolo con la punta del piede, e si lasciò cadere, atterrando poco distante. Il cappotto attutì il colpo.

Si sentiva più giovane di vent'anni mentre avanzava fra i campi all'imbrunire. Paradossalmente, libero ora più di quanto non fosse mai stato prima.

Sicuro di sé, non appena raggiunta la strada, fermò un taxi. Si accucciò dietro, protetto dall'oscurità, e diede l'indirizzo di Sveta Troitza. Il tassista non era di molte parole, e questo non dispiacque a Vasko, che non aveva voglia di fare conversazione.

Ora la casa era un rifugio, un nascondiglio, una tana dalla quale organizzare gli spostamenti.

Salì rapidamente le scale di ingresso ed entrò in ascensore. Il bimbo arabo dell'ultimo piano che scendeva per le scale lo incrociò sul pianerottolo, e lo salutò educatamente in un perfetto bulgaro.

Vasko fu leggermente contrariato dall'incontro, anche se certamente il ragazzetto non poteva conoscerlo.

Bussò lieve alla porta.

Una scena già vissuta, una prospettiva già vista.

Milena gli apriva la porta. Aveva uno sguardo stanco e carico di rimprovero. Ancora una volta, ancora una. Era tornato. Lo osservò come se gli vedesse attraverso, come se guardasse il pianerottolo vuoto dietro di lui.

E di nuovo Milena che gli apriva la porta. Con uno sguardo incredulo, stavolta, meravigliata nel vederlo a quell'ora piombarle a casa, con i vestiti sporchi di fango, con la faccia stravolta. Le si accostò per darle un bacio e con un dito sulle labbra le fece cenno di tacere. Le accarezzò il ventre, e le sorrise, pensando alla creatura che portava in grembo. Presto saremo di nuovo insieme, le aveva detto allora, credendoci davvero.

# XI

Boris Yanchev non riusciva a staccare gli occhi dalle lastre. In mano aveva i risultati delle analisi e alcune foto di ossa e tessuti confusi assieme, a formare un groviglio indistinto.

"Mio Dio, non può essere", continuava a sussurrare, ma così era, ed era davanti ai suoi occhi.

Alla luce fredda dei neon del gabinetto di analisi della scientifica, guardava le tracce silenti di un omicidio avvenuto diciassette anni prima. I medici legali avevano individuato il punto in cui il proiettile era penetrato ed il suo successivo viaggio all'interno dei tessuti. Dalla nuca alla scatola cranica, senza scampo. Un colpo solo, probabilmente esploso a bruciapelo.

Dei cerchi tracciati con uno spesso pennarello rosso evidenziavano delle ossicine più piccole, che ancora resistevano alla dissoluzione del tempo, all'interno del corpo che le doveva contenere, all'altezza dell'addome.

"A che mese era?", trovò il coraggio di chiedere Borko.

"Dall'esame del femore, che abbiamo ritrovato integro, il feto doveva avere sette, forse otto mesi"

Borko scosse la testa, incredulo. "Chi può aver commesso una simile atrocità?"

"L'età della donna doveva essere ricompresa fra i venti e i trenta – proseguì il dottor Rusev, come a dare compiutezza alla sua diagnosi – e possiamo affermare che appartenesse al ceppo slavo. Di più è difficile dire, perché è passato molto tempo e perché, in realtà, non c'è molto altro su cui lavorare"

"Abbiamo controllato se vi sono denunce di ragazze scomparse in quel periodo?", chiese Boris all'agente Vladimir Slavchev, che lo aveva accompagnato e che stava seguendo il caso.

"Nulla di rilevante"

"Ma di quella Dimovska, si è saputo altro? A che punto sono le indagini?"

"Il DNA raccolto a casa della madre è assolutamente incompatibile con quello di questa povera ragazza"

"D'accordo, ma se fosse stata adottata … Avete fatto controlli?"

"Ovviamente. Ma sembra tutto a posto. Georgana Dimovska è realmente figlia di Anida, che non pare averne mai denunciato la scomparsa. E' vero che della ragazza, di fatto, non si hanno più notizie da anni ma il fatto non ha mai impensierito più di tanto la signora Anida, che la crede emigrata a Cuba"

"In che senso, *la crede*?"

"Nel senso che Georgana Dimovska non ha mai messo piede a Cuba. Abbiamo sentito i servizi di intelligence locali, e non abbiamo motivo di dubitare …"

146

"Dovremmo. Potrebbero volerla coprire"

Slavchev scosse la testa, non convinto.

"In ogni caso, disse, abbiamo la prova che la Dimovska è stata in circolazione diverso tempo dopo l'autunno dell'ottantanove"

"Quello che non mi spiego è perché, perché quel bastardo di Mladenov l'ha messa in mezzo. Se sapeva che non poteva essere lei, perché ha fatto il suo nome? Perché ha giocato così male le sue carte?"

"Mladenov sembrava convinto"

"E non è uno stupido, né uno sprovveduto. No di sicuro. Ed è strano che abbia mantenuto il punto anche dopo, anche quando tutto ciò che accadeva, tutto quello che andavamo scoprendo, smentiva chiaramente la sua versione. Insomma, più si avevano prove dell'esistenza della Dimovska, e più Vasil insisteva e diceva che in quella fossa non poteva esserci altri che lei"

"Un fantasma", scherzò Slavchev.

"Sì, è arrivato quasi a convincermi che avessimo a che fare con uno spettro. Ma perché?"

"E' evidente, voleva nascondere qualcosa. E ne abbiamo avuto la riprova"

"Nascondere? E che modo balordo di nascondere una persona. Rendendo il tutto tanto inverosimile da risultare incredibile?"

"Non ho detto che volesse nascondere qualcuno. Ho detto qualcosa. Se è astuto come dici, può aver giocato d'astuzia per distogliere l'attenzione. E da due settimane noi stiamo inseguendo i fantasmi, mentre lui indisturbato lavora a qualcos'altro"

Borko si fermò a pensare. L'ipotesi non era così remota. "Però perché proprio Georgana Dimovska? Perché questo nome? Chi è? Chi è stata? Può anche essere quel che dici, ma il nome, questo nome, non può essere senza significato"

"E se avesse voluto lanciare un segnale?", intervenne il dottor Rusev, che fino a quel momento non aveva mostrato particolare interesse alla discussione.

"Un segnale? A chi? A noi?"

"Non necessariamente"

Borko ci pensò su per qualche secondo. "Andiamo avanti. Hai fatto i controlli su quei nomi?"

"Su Sorokin sì, abbiamo trovato qualcosa: madre bulgara e padre russo, è nato a Mosca nel 1966. All'età di dieci anni il padre, che già aveva avuto problemi con il KGB, scompare dalla circolazione; la madre diventa alcolizzata e viene rinchiusa in un centro di riabilitazione, dove verrà trovata appesa ad un lampadario della sala mensa nel maggio del 1980"

"Il ragazzo?"

"Il ragazzo è cresciuto da un parente, ma non so se fosse davvero una persona di famiglia. Era bulgaro, comunque, tale Mihail Goranov, e a cavallo degli anni settanta ed ottanta lavorava per i nostri servizi segreti a Mosca. Poi fu eliminato"

"Perché?"

"Faceva il doppio gioco. Passava a noi ciò che decideva il KGB, e passava al KGB informazioni rilevanti su di noi"

"Sembra fosse un'attività diffusa", disse Borko con ironia.

"Sergej arriva in Bulgaria nel 1986, a vent'anni, e si iscrive all'università. Prende il nome di quello che potremmo chiamare il suo padre adottivo, anche se in realtà non vi è mai stata alcuna procedura formale di adozione"

"Goranov?"

"Già, e cambia anche nome. Per tutto il periodo in cui sarà in Bulgaria si chiamerà Anton Goranov. E' con questo nome che collabora con i nostri servizi, ma è evidente che nessuno si è mai fidato troppo di lui, tanto che in alcuni rapporti si adombra perfino la possibilità che anche lui in realtà lavori per i sovietici"

"Molto interessante"

"Nell'ottobre dell'ottantanove, improvvisamente, se ne perdono le tracce. Lo ritroviamo in Russia, al lavoro negli uffici della Polizia, alla sezione immigrati. Non sappiamo se fosse una copertura, o un'attività reale. Fatto sta che, nel luglio del 2002 scompare, e da allora non se ne hanno più notizie. Potrebbe anche essere morto, per quanto ne sappiamo"

"E di Vasil Mladenov che dici?"

"Vasil Mladenov non esiste, capo"

Borko vacillò per un istante. "Cosa intendi?", chiese.

"Quello che ho detto. Non vi è nessuno che si chiami così. Vasil Dimitrov Mladenov non risulta essere mai nato, tutto qui"

"Ma noi l'abbiamo cercato, e l'abbiamo trovato. Viveva in Italia"

"Così è, ma sta di fatto che non risulta registrato in nessuna anagrafe, né in Italia, né qui da noi"

"Ciò significa, si intromise nuovamente Rusev, che non siete stati voi a trovarlo, ma lui a farsi trovare"

"Già", ammise Borko. "E in tutto questo tempo, da quando è qui in Bulgaria, me lo sono portato in giro. Sembra incredibile"

"Quindi", concluse Slavchev, "tutto quel che sappiamo su Mladenov è quanto sappiamo su Sorokin"

"Vale a dire che non sappiamo più nulla di lui dal luglio 2002, salvo che ricompare, come per incanto, nell'ottobre 2006 in Italia con il nome di Vasil Dimitrov Mladenov"

"Mi sembra una conclusione abbastanza generosa, caro Borko. Perché in realtà di Sorokin, e di Goranov, sappiamo davvero molto poco. E, d'altra parte, neppure possiamo escludere che Mladenov, o comunque diavolo si chiami, abbia preso l'identità di Sorokin, alias Goranov, senza essere mai stato né l'uno, né l'altro"

Boris Yanchev scosse la testa, confuso.

"Penso sia più utile concentrarsi sul perché il sedicente Mladenov sia tornato. Se riusciamo a scoprire il motivo della sua presenza qui, è probabile che scioglieremo anche tutti gli altri nodi. A cominciare da questo", e indicò le lastre appese ai pannelli retroilluminati.

"A meno che ...", iniziò Slavchev, come se un'idea lo avesse sfiorato per un istante, abbandonandolo però subito dopo.

"Cosa?", domandò Boris.

"Niente, un'idea, ma no, non è possibile", concluse Slavchev sbrigativamente.

"Bene. Lavoriamo su quello che abbiamo. Zapaden Park, Sergej Sorokin e Anton Goranov; e visto che ci siete, vedete se qualcuna delle cose che ho elencato ha a che fare con la Multigroup"

"La Multigoup?", chiese Slavchev come se non avesse capito.

"La Multigroup. Hai inteso bene. Mladenov sembrava molto interessato. Mi chiese addirittura notizie su una società nata dalla Multigroup, la AK, e sul suo amministratore, Dancho Varbanov. All'epoca non diedi abbastanza rilevanza alla cosa", disse Borko rammaricandosi della sua scarsa perspicacia.

Per una breve, ma interminabile, frazione di tempo i tre rimasero in silenzio. Le luci del laboratorio avvolgevano le loro ombre, che restavano come sospese, fluttuanti in quell'elettrico vuoto azzurrognolo.

"E capire chi e perché ha cercato di farci fuori", riprese poi d'improvviso Borko.

"Sicuro che volessero proprio questo?", insinuò Rusev.

"No, non sono più sicuro di niente. Potrebbe essere stata anche una messinscena, per quel che ne so. Giusto per farci credere qualcosa … cosa, non lo riesco a immaginare. Dio, dire così significa ammettere che Mladenov ci abbia considerato più svegli di quanto non siamo in realtà!"

"Sarebbe diabolico", commentò Slavchev. "Ma questo presupporrebbe che il nostro uomo abbia complici ben organizzati qui in Bulgaria"

"Chi può escluderlo?"

"Ma come è arrivato a lui Ivanov?", chiese Rusev.

"Certo, anche questo è strano. Un rapporto in codice che aveva qualcosa a che fare con il ritrovamento di questi cadaveri e un telegramma in lingua russa, che rivelava l'identità di uno dei partecipanti all'operazione, contenuto all'interno del fascicolo"

"E a chi corrispondeva l'identità nascosta?"

"Proprio a lui, a Vasil Dimitrov …". Borko si fermò d'improvviso, appena sentì quel nome uscire dalla propria bocca, e lasciò sfuggire un'imprecazione. "Quel fottutissimo bastardo, si è preso gioco così di noi fin dal principio!"

"C'era anche l'indirizzo e il numero di telefono al quale trovarlo?", fece ironicamente Rusev.

"Ma come ha fatto? Cioè, si ritrova un cadavere in un bosco, e lui ha già pronta la documentazione per entrare a buon diritto nell'indagine"

"Va bene, va bene … non ci interessa. Continuiamo a chiederci perché è venuto. Questo è quello che dobbiamo scoprire"

Borko cercava di richiamare alla memoria tutto quel che era accaduto negli ultimi giorni. Ogni frase, ogni gesto sembrava ora costituire un indizio potenzialmente fondamentale. Eppure, la sua mente tornava solo su quell'insignificante discorso sul passare del tempo e sulla canzone ascoltata a casa di Anida Dimovska: un cortocircuito mentale, la vita nient'altro che una breve parentesi tra due istanti ripetuti, due gesti identici distanti decenni, la puntina del giradischi che scende su un vecchio disco in vinile.

"Bisogna ricordare", mormorò.

"Come?", chiesero i due, come non avessero sentito bene.

"E' una questione di memoria. E' come … come se non ci fosse nulla da scoprire, solo da ricordare. Chi ricorda quegli anni? Io ero giovane, troppo per poter conservare ricordi nitidi"

Rusev e Slavchev si guardarono interdetti.

"Qualcosa che ha a che fare con il nostro passato. Qualcosa che è rimasto nascosto tutti questi anni … proprio come quei due corpi lì", e indicò le lastre.

Dopo di che, senza dire altro, si infilò il cappotto ed uscì dal laboratorio.

Slavchev anticipò la domanda di Rusev: "Non mi guardi, dottore, non so proprio cosa abbia voluto dire"

"Immaginavo. Ma ho l'impressione che lui lo sappia. Ed è un buon punto di partenza. Comunque, è ora di andare anche per me. Se vuole può restare ancora. Le chiedo solo di spegnere quando va via"


Rimasto solo Slavchev continuò, in silenzio, a fissare le ossicine che emergevano dai pannelli, attendendo che da lì quell'idea che prima lo aveva solo sfiorato, si riaffacciasse alla sua mente per farsi cogliere nella sua pienezza.

Era terribile immaginare cosa fosse successo.

Le ossa piccole erano affastellate le une sulle altre, ed era difficile distinguerle. Tutto era concentrato in uno spazio ridotto, minimo. Così aveva dovuto cogliere la morte quel bimbo mai nato.

Ad un tratto gli si illuminò il volto. Era chiaro. L'indizio coincideva con la soluzione. Forse non la spiegava tutta, ma buona parte sì.

"Oh, sì, pensò allora, Mladenov è sicuramente Goranov, non può esserci dubbio. Ed è proprio per questo che è tornato"

# XII

Era partito dalla fine. L'ultimo nome era il suo. Cancellato troppo presto, evidentemente.

Cominciò a sfogliare a ritroso il taccuino nero che aveva recuperato da Penev. Rilesse ancora una volta le indicazioni che aveva seguito e che lo avevano portato lì, alla base del monte Vitosha.

A Dragalevtsi, Sofia mostra a tratti l'aspetto di una tranquilla località montana. La neve arriva prima, qui, l'inverno; e d'estate, la sera si cena all'aperto, godendosi il fresco. E quando la nebbia avvolge la città, ristagnando in basso, come in un catino, non di rado il cielo è terso quassù, tra le strade per cui si vanno inerpicando le lussuose ville dei ricchi, quelli nuovi e quelli che lo sono da sempre.

Si trattava di prendere una seggiovia e raggiungere la vetta, dove con la bella stagione, la domenica, le famiglie vanno coi bambini a fare i picnic, e d'inverno si va per sciare, evitando i giorni di festa, per la folla.

Non contava di incontrare davvero Rumen Karabov, chiunque egli fosse. Doveva esserci però un luogo, forse una baita. Questo Karabov l'aveva occasionalmente abitata, forse; forse vi si era fermato di passaggio; oppure vi aveva solo incontrato qualcuno: un primo indizio, un punto di partenza per ricostruire il lavoro di Penev.

Faceva freddo, la vallata era in ombra. Pochi erano quelli che si apprestavano a salire; la neve non aveva ancora ricoperto a sufficienza le piste e la maggior parte della gente intorno si incamminava verso il bar per un the o una cioccolata calda.

Vasko diede un'occhiata alla montagna davanti a lui, alla serie di seggiolini che in fila vi si arrampicavano, per poi sparire dietro la prima balza. Oltre, una nuvola troppo bassa copriva alla vista la sommità del monte.

Si mise in posizione. Assecondò con il movimento delle gambe il colpo della sedia, che lo strattonò, e lo sollevò. Era partito.

Tutto era immerso in un grande silenzio bianco, amplificato e non interrotto dal fruscio dei cavi della seggiovia. Vasko inspirò e l'aria frizzante gli entrò nei polmoni. Si sentiva bene, nonostante tutto. Molte cose apparivano più chiare, adesso.

Cominciò a canticchiare, tra sé, la canzone che gli aveva aperto la porta della memoria, quella che Dalida cantava negli anni settanta, e che lui si era portato dietro per tutti gli ottanta. E, mentre cantava, prendeva coscienza della sua affinità con quel testo, che ora ricordava alla perfezione. A cantare era una donna, lui era uomo, ma non era questo che contava. Vi è un linguaggio universale che trascende le differenze di sesso. E i diciotto anni della canzone erano non più di diciassette nella realtà. Ma il punto era un altro: lei era rimasta eternamente giovane, cristallizzata nei suoi vent'anni,

156

mentre lui era andato avanti, continuando ad invecchiare, rompendo il vincolo della contemporaneità, tradendola in un certo senso.

Come tutti i giovani, da giovani, si erano promessi eterno amore, credendoci con sincerità. Poi la vita aveva deciso per loro, ciascuno aveva avuto i suoi compiti, e le sue priorità. Milena era rimasta così, chiusa in una perfezione immutabile, mentre lui aveva superato i quaranta, ed ora sarebbe potuto essere suo padre. Il bimbo che sarebbe dovuto nascere era rimasto per sempre una fantastica potenzialità, promessa di una qualsiasi meravigliosa possibile evoluzione.

Nel frattempo, il paesaggio intorno andava scomparendo, man mano che ci si addentrava fra le nubi. All'improvviso, l'impianto si arrestò. Vasko non ci fece caso più di tanto. Probabilmente qualcuno non era riuscito a scendere al momento opportuno, o si doveva dar modo al personale di caricare qualche pacco.

La temporanea immobilità gli era ancora più gradita, lo cullava in quella specie di nulla color panna; e così, cominciò lentamente a dondolarsi, senza più cantare.

Un colpo secco violentò il silenzio. Poi un altro, e un sibilo ravvicinato, tanto da far male all'orecchio.

Vasko si agitò sul seggiolino, girandosi per quanto la sbarra di sicurezza gli consentiva.

Ad una decina di metri, giusto lo spazio di una sedia, stava un uomo. Puntava una pistola giusto contro di lui. Un facile tiro al bersaglio.

Pensò rapidamente cosa fare. Si abbassò sul sedile mentre il terzo colpo passava a pochi centimetri al di sopra dello schienale.

Guardò giù. Il salto era troppo alto, e fra le chiazze di neve fresca spuntavano delle rocce aguzze. Gli alberi erano distanti, in quel punto. Davanti a sé, a non più di cinque metri, stava il pilone numero 23.

Cercò di nuovo di vedere l'uomo che era dietro di lui, ma questi indossava una sciarpa ed un berretto di lana che gli coprivano quasi per intero il volto.

La situazione era disperata, e lo portò a prendere una decisione dettata dalla disperazione.

Sollevò la sbarra che lo conteneva sul sediolino e si arrampicò sull'asta metallica di collegamento alla fune.

Un altro proiettile gli sfiorò la spalla sinistra, proprio mentre raggiungeva la fune spessa e vi si aggrappava con entrambe le mani.

Ora era veramente esposto ai tiri del cecchino, senza più protezioni, e in uno stato di equilibrio precario.

Si concentrò sull'obiettivo che gli stava davanti, cercando di non pensare ad altro. L'obiettivo era il pilone numero 23. Fissò quel numero, 23, deciso a non staccarci gli occhi da sopra, fino a che non lo avesse raggiunto.

23. Mano destra avanti, mano sinistra avanti. 23. E così via. Ancora, mano destra, poi mano sinistra. 23. Un altro colpo scheggiò il pilone a poca distanza. 23. Avanti.

D'un tratto sentì la fune sotto le sue mani ondeggiare leggermente, e quasi perse la presa. Avrebbe voluto voltarsi a vedere cosa stesse succedendo là dietro, anche perché gli spari sembravano essere cessati. Ma non era facile, e comunque era deciso a non cedere a pericolose distrazioni. 23, ancora 23.

Le braccia gli dolevano; le mani, a contatto con il gelido metallo, nonostante i guanti, gli si erano quasi congelate. Il pilone 23 sembrava non avvicinarsi mai. E non osava pensare cosa sarebbe successo se la seggiovia avesse ripreso a funzionare.

Mano destra, avanti. Mano sinistra, avanti. 23. Intorno era tornato il silenzio. Un silenzio diverso, però. Si sentiva il suo respiro affannoso, e lo sforzo, il fiato trattenuto, la fatica fattasi rumore. Più indietro, alla distanza, gli sembrò di percepire un'eco di questi suoni, lo stesso respiro, gli stessi mugolii interrotti, lo stesso fiato spezzato.

23. Ancora un breve tratto, e la mèta sarebbe stata raggiunta. Sembrava lì, a portata di mano, e poi si avanzava, e il pilone numero 23 era sempre lì, sempre troppo lontano.

Chiuse gli occhi per l'ultimo sforzo. Le mani toccarono una superficie curva, dentro cui si perdeva la fune. Aveva raggiunto le pulegge. Raccolse le forze residue e si issò sulla struttura, e da lì passò al pilone.

Guardò indietro. L'uomo che lo aveva sparato procedeva adesso anch'egli sulla fune, certo più veloce di Vasko, dato che aveva già raggiunto la seggiola dove questi stava fino a pochi minuti prima.

Vasko capì che non c'era molto tempo da perdere, e prese a discendere il pilone. La discesa ora sembrava agevole, come se avesse da scendere da una comoda scala. Di tanto in tanto guardava verso l'alto, per vedere quanto spazio c'era ancora fra sé ed il suo inseguitore. Arrivato al pilone questo, certo più agile e forte, non ci avrebbe messo molto a coprire la distanza che lo divideva da lui.

E l'uomo era ormai a meno di un paio di metri dal numero 23.

A quel punto, accadde l'insperabile. La seggiovia ripartì. Sembrò, in verità, che tutta la struttura si scrollasse e si scuotesse, prima di riavviarsi. Le seggiole dondolarono, le funi si tesero. Poi, tutto cominciò ad avanzare rapidamente.

L'uomo che stava ancora appeso lassù gridò terrorizzato, mentre a grande velocità vedeva adesso avvicinarsi quel numero 23. Le mani lasciarono la presa un attimo prima di essere schiacciate nella puleggia. Vasko girò il capo per non vedere.

Riaprì poi gli occhi lentamente, lasciando trascorrere alcuni istanti dal momento in cui il grido dell'uomo si era bruscamente interrotto. Guardò in basso, verso le rocce, dove il corpo giaceva riverso e inanimato.

Scese più rapidamente che poté. Nessun altro, nel frattempo, era salito con la seggiovia. Nessun testimone.

Appena ebbe raggiunto la base del pilone corse verso il suo aggressore. Lo afferrò per le braccia, e lo trascinò verso il bosco, al riparo da sguardi estranei.

160

Gli levò il berretto, e sciolse la sciarpa. Era un giovane sui venticinque anni, dai capelli neri corvini che il sudore aveva attaccato in ciocche alla testa. Le pupille che lo osservavano fisse erano anch'esse nere. Una lieve peluria gli ombreggiava le guance.

Tastò con due dita le vene del collo, per sincerarsi che fosse morto. A quel punto, con maggiore tranquillità, osservò in volto quell'uomo, chiedendosi se, in questa vita o in un'altra, lo avesse mai conosciuto. Non riuscì a trovare risposta.

Gli frugò nelle tasche, prima quelle del giubbotto, poi quelle del pantalone. Recuperò la pistola dalla cintola, dove era stata riposta. Non vi era altro, se non qualche spicciolo, forse un ultimo resto.

Alzò il capo verso la vetta. Le seggiole avevano ripreso la loro regolare oscillazione e procedevano lente di pilone in pilone. La visibilità era buona, la spessa coltre di nubi restava in basso.

Si mise in cammino. Decise di seguire il percorso della seggiovia, restando però al riparo degli alberi. L'ascesa non era affatto agevole, per il dislivello e per l'asperità del suolo, e per il ghiaccio che in alcuni tratti in ombra copriva il terreno.

Le annotazioni del taccuino erano, in questo caso, abbastanza chiare, a differenza di altre che si mostravano criptiche, e consentivano di individuare agevolmente la baita cui si faceva riferimento.

Occorreva abbandonare l'impianto di risalita per un sentiero che, alla destra della stazione, si inoltrava nel bosco, scomparendo quasi subito alla vista.

Vasko preferì non raggiungere la stazione, ma tagliare per il bosco in diagonale, di modo che nessuno potesse riconoscerlo all'arrivo, e che nessuno potesse indovinarne la direzione.

Giunse così al sentiero, già distante dalla seggiovia, per una via più impervia, ma più sicura.

Si trattava ora di camminare per poco più di quattrocento metri, e la baita sarebbe apparsa in alto, sulla sinistra, aggrappata a un leggero declivio.

In realtà l'edificio, come si rivelò ben presto, era qualcosa di ben più lussuoso di un semplice rifugio montano. Una staccionata ne delimitava la proprietà in misura molto più ampia rispetto al perimetro delle sue mura. La casa si elevava su due piani, il primo in pietra viva, il secondo in legno, ed aveva almeno tre finestre per ogni lato. Il giardino appariva curato, per quanto la stagione consentiva, e abbellito da quattro alti alberi di abete ai suoi angoli.

Al momento, la casa non sembrava essere abitata. Le ante erano chiuse e dal camino non usciva fumo.

Vasko prese coraggio, e si avvicinò. La recinzione bassa serviva solo a circoscrivere il possedimento e, probabilmente, a tener lontano qualche animale. Dall'esterno si poteva tranquillamente aprire il cancello sollevandone il paletto posto a sua chiusura. Entrò.

Ogni fruscio di vento, nel silenzio, si faceva boato. Ogni eco lontana di uccelli in volo diventava strido di stormo al tramonto.

Decise di perlustrare l'edificio dall'esterno. La porta era stata verniciata di fresco, probabilmente durante l'ultima estate, così come le assi di legno che fasciavano il piano superiore.

Le imposte erano serrate, e non era possibile scorgere l'interno. Sul retro vi era un piccolo deposito per gli attrezzi, leggermente discosto dalla casa, intorno al quale era accatastata della legna, coperta da una spessa cerata.

Tornò davanti all'ingresso. La serratura della porta non sembrava particolarmente impegnativa. Tirò fuori dalla tasca un temperino, e si mise ad armeggiare su di essa. In meno d'un minuto s'udì lo scatto, e la porta si socchiuse.

Aprì cauto, spiando l'interno. All'inizio non vide altro che il buio, poi gli occhi cominciarono ad adattarsi all'oscurità, e i contorni presero forma.

Appena fu entrato richiuse rapido la porta dietro di sé. Decise di servirsi della torcia elettrica che aveva portato alla bisogna e non si preoccupò di cercare l'interruttore.

Il fascio di luce investì per prime le suppellettili disposte sopra il camino, il camino, degli scudi, o qualcosa di simile, appesi alle pareti, lo schienale di una poltrona più vicina. Sopra il camino scintillavano varie armi da collezione, tutte da taglio. Appese al muro erano esposte sciabole, scimitarre, spade, katane.

Vasko indirizzò la luce in basso, sul pavimento di legno. Tracciò davanti a sé un semicerchio, sulle prime più stretto, poi via via allargandolo e raccogliendo in esso un tavolino da lavoro, una poltrona di velluto rosso, un tavolo, dei tappeti. Pian piano emersero dall'oscurità il portapenne in argento che brillava sul tavolino, il poggiatesta adagiato sullo schienale della poltrona, la bocca spenta del camino e un vaso vuoto al centro della tavola.

La stanza era ampia, e occupava in profondità la casa per l'intero. Alla destra del camino, che restava sul fondo, vi era un'ampia finestra.

Vasko roteò a destra e a sinistra la torcia, in modo da illuminare le pareti, su ognuna delle quali vi erano due porte di accesso ad altre camere. Una libreria occupava l'angolo senza finestra fra il camino e la porta della prima camera. Quelli che sulle prime gli erano sembrati scudi, erano trofei su cui erano state fissate teste di animali. Ve ne erano due ai lati del camino ed altri due alle pareti, messi in posizione centrale, nello spazio compreso fra una porta e l'altra. Riconobbe un orso, uno stambecco, un cervo e un daino. Tutti, tranne lo stambecco, erano specie ampiamente diffuse in Bulgaria. Fece un mezzo giro su se stesso, e illuminò lo spazio sopra la porta d'ingresso: un lupo digrignava i denti in atteggiamento minaccioso.

Sul lato destro dell'ingresso, addossata alla parete esterna, una scala in legno portava al piano superiore.

Vasko volle trattenersi ancora in quello che appariva come il salotto della casa. Avanzò verso il camino, puntando la luce sugli oggetti che stavano sulla mensola.

Erano piccole statuine di elefante, di materiali diversi. Ve ne erano in avorio, in ebano, in marmo, in cristallo. Una collezione, o

164

piuttosto un esercito, di piccoli pachiderma. Tutti posizionati in un'ordinata fila.

Vasko ne prese uno e lo rigirò fra le mani. "Sforzarsi di tenere tutto a mente", disse fra sé, "è difficile per chi per anni non ha cercato di fare altro che dimenticare"

Distolse lo sguardo dagli elefantini e reindirizzò il fascio di luce verso il centro della stanza. Si diresse verso lo scrittoio. Aprì il cassetto sotto il piano di scrittura. Vi era un'agenda, con nomi e numeri di telefono ignoti. Senza pensare, la mise in tasca, se ne sarebbe occupato poi. Sotto di essa una risma di fogli bianchi, privi di intestazione.

Si avvicinò alla prima delle porte, quella più vicina alla scala. La aprì senza timore. Era una cucina, discretamente grande e, all'apparenza, ben fornita, con una grande tavola centrale e mobili di legno chiaro.

Passò oltre. La porta a fianco dava su un ambiente decisamente più piccolo, con una sola finestra, adibito a bagno.

Di fronte vi erano le altre due porte. Quella dirimpetto al bagno dava in un ambiente delle medesime dimensioni di quello, che era utilizzato come dispensa.

L'ultima stanza era uno studiolo-libreria. Lungo tutte le pareti, e passando ad arco sopra l'apertura della porta, correvano gli scaffali di ciliegio scuro su cui erano allineati i libri. Al centro una piccola scrivania con una poltrona in pelle. Sulla scrivania vi era una classica lampada ministeriale in ottone con paralume in vetro verde.

Vasko esaminò le coste dei libri. Vi erano molte opere di genere storico, la maggior parte riguardante il periodo post bellico. Le edizioni più vecchie erano per lo più in lingua inglese e francese, ma non mancavano testi in russo. A leggere i titoli di quei tomi, sembrava che il padrone di casa fosse soprattutto interessato all'influenza delle grandi potenze sulle colonie, e agli equilibri internazionali che lì si giocavano. L'altra parte della libreria era occupata da testi di argomento economico, e in pari misura parevano essere rappresentate le tesi sull'economia di stato e su quella liberale, e studi sull'economia squisitamente socialista, con puntuali analisi specifiche sui vari piani quinquennali adottati in Unione Sovietica e nei suoi paesi satelliti.

Si avvicinò alla scrivania. Notò su di essa una cartellina blu chiusa da un elastico, che all'inizio era sfuggita alla sua attenzione. Poggiò la torcia in maniera che la luce si diffondesse sul piano della scrivania e, con entrambe le mani libere, aprì la custodia ed esaminò l'incartamento.

Scorse veloce alcune foto sgranate; lesse, senza soffermarvisi troppo, delle note generiche di accompagnamento relative ad uno scambio di fax.

Giunse all'ultimo foglio.

Esitò. Gli riuscì difficile credere a ciò che aveva fra le mani.

Con foga tornò alle prime foto, tanto superficialmente scartate, e lasciò cadere in terra la cartellina. Era solo una sagoma, un'ombra sfocata fra altre ombre. Ma i luoghi erano familiari. Ed indubbiamente, quelle immagini rubate ritraevano lui.

Riprese l'ultimo foglio, l'originale di quel telegramma in lingua russa che Ivanov gli aveva mostrato nel suo ufficio, e che rivelava l'identità di khan Tervel.

"Chi diavolo sei, Rumen Karabov?", si domandò mentre rigirava ancora incredulo quella carta fra le mani.

Scosse la testa. Rimise accuratamente a posto ogni cosa, come gli avevano sempre insegnato. Era una regola ormai acquisita, e che egli eseguiva macchinalmente, indipendentemente da eventuali turbamenti esterni. Registrava appena entrato la posizione degli oggetti, e si assicurava, in uscita, che essi fossero nella stessa, identica disposizione. Era un'abitudine, che egli osservava anche nella vita quotidiana, e che non gli richiedeva alcuno sforzo particolare.

Uscì e si avviò al piano superiore. Mentre saliva le scale, udì tuttavia un rumore, prima indistinto, poi più chiaro, provenire dall'esterno. Dei passi si avvicinavano alla porta.

Vasko fece giusto in tempo a raggiungere il corridoio del primo piano, quando una chiave fu inserita nella toppa.

Urtò contro un mobiletto basso. Sacramentò, temendo che potesse cadere qualcosa ma, per fortuna, non cadde niente. Il fascio di luce della sua torcia istintivamente fu diretto sul piano del mobile, lì dove erano alcune foto in cornice.

Il respiro gli si fermò, e non pensò più allo sconosciuto che oramai era entrato al piano di sotto.

Tutto tornava, e in un istante gli vorticarono intorno gli elefanti, il Boulevard Maria Luisa, il telegramma russo e la foto di Georgana Dimovska, risucchiandolo sul fondo di un abisso luminoso.

*E' per questo che uso dei promemoria,* sentì ripetersi, *li guardo, penso alla loro memoria prodigiosa, e mi sforzo di tenere tutto a mente.*

"Cazzo", mormorò, e non gli riuscì di dire altro, mentre fissava se stesso più giovane di vent'anni sorridere impettito dietro l'uomo che, dopo molti anni, era riuscito a riportarlo a casa.

## XIII

Si erano alla fine seduti all'interno di un bar. Dancho Varbanov non si era tolto il pesante cappotto di montone che indossava, e restava in punta di sedia, a piedi uniti, come se dovesse da un momento all'altro spiccare un balzo e andar via.

Slavchev cercava di capire se quell'uomo che ora gli stava davanti, e che appariva così fragile e spaurito, poteva essere davvero colui che aveva amministrato, pur per poco tempo, la ricca finanziaria della galassia Multigroup.

"E' possibile che tutti di colpo vi interessiate a queste vecchie storie?", si lamentava Varbanov.

"La situazione non è così semplice, signor Varbanov. In realtà a me interessa molto di più quel signore con il quale ha parlato il mese scorso. E' per questo che dovrebbe dirmi esattamente cosa vi siete detti, in occasione del vostro incontro"

"Abbiamo parlato a lungo, signor Slavchev. Nonostante il gelo di quella giornata. Cosa le devo dire? Voleva avere notizie sulla AK. Che, come le ho già detto, io non potevo dargli"

"Va bene, questo lo ho capito. Ho compreso il suo ruolo, non indagherò oltre sulla sua posizione. L'importante è che collabori adesso"

"E ha capito il meccanismo della AK?"

"Sì, ma mi dovrebbe dire da dove arrivavano questi benedetti soldi, signor Varbanov. Lei mi fa un discorso contabile. Perfetto. La AK finanzia la società X, la società X incamera i soldi e non li restituisce. Invece, contabilmente, questi soldi tornano con gli interessi alla AK che, dopo un po' è pronta a finanziare nuovamente la stessa o un'altra società. E il gioco riprende"

"Esattamente"

"Esattamente. Ma questo presuppone un flusso continuo di soldi che arrivano alla AK, soldi che la AK deve riciclare con i finti finanziamenti. Varbanov, sono un mucchio di quattrini. Da dove diavolo arrivano?"

"Non glielo so …", provò timidamente a protestare Varbanov, ma Slavchev neppure lo fece finire.

"Basta! Dovrebbe comprendere la sua posizione. Sono passati un po' di anni, ma ce n'è abbastanza per sbatterla dentro fino alla fine dei suoi giorni. Le è chiaro il concetto?"

Varbanov deglutì un sì appena percettibile.

"Se non lo sa, si sarà fatto un'idea, e io la vorrei conoscere"

"Lei potrebbe non essere il mio male peggiore"

"Potrei, è vero. Ma in questo momento sono quello per lei più concreto"

"Forse non sa neppure lei in cosa sta davvero andando a infilare il naso"

Slavchev lo guardò con aria di sfida. Non gli piaceva buttare la cosa sul personale, ma si sentì chiamato in causa dalle ultime parole di Varbanov, come se insinuassero un giudizio di debolezza e di incoscienza in quello che egli andava facendo.

"Va bene, maledetto sbirro. Tu sei forte, sei uno duro. Ma da domani a me chi mi protegge?"

"Non ti ho cacciato io in questi giochi"

"Sei tu che mi ci vuoi far rientrare. Ho chiuso anni fa con la AK, e da allora non ne ho voluto neppure più sentir parlare"

"Spiacente, Varbanov. Se è così, ti devo chiedere di seguirmi in commissariato"

"Secondo lei da dove arrivavano?", sibilò Varbanov.

"Davvero non saprei"

"Saprà almeno con quali soldi fu finanziata la Multigroup"

"Dicono che Lukanov ci mise i fondi neri del Comitato centrale del Partito Comunista. Ma questo appartiene alla storia. Non penso che lei tema di rivelarmi notizie di dominio pubblico"

"Ma se le dicessi che a parte i fondi del Comitato ne arrivavano molti altri, e senza interruzione, direttamente da Mosca?"

"Da Mosca?", Slavchev non riuscì a nascondere la sua meraviglia.

"E per quanto tempo sarebbe andato avanti tutto questo?"

"Da quanto tempo va avanti, vorrebbe dire"

Questa volta a Slavchev non gli riuscì neppure di chiudere la bocca, che gli restò atteggiata ad una ridicola smorfia.

"E' come dire che buona parte della nostra economia, in tutti questi anni, sia rimasta in mano russa. Dai Sovietici ai Russi, senza soluzione di continuità". Boris Yanchev masticava un toscano spento, e camminava nervoso da una parete all'altra del suo ufficio. "E' credibile?"

"Credo proprio di sì", ammise Slavchev.

"Se fosse vero, sarebbe davvero inquietante"

"E avremmo il collegamento che ci mancava con Vasil Mladenov"

"Già. Non era un caso che si informasse della Multigroup e della AK"

"Ma perché i Russi fanno tornare un loro uomo qui, dopo tanti anni?"

"Forse si è inceppato qualcosa in questo meccanismo. Forse deve eliminare qualcuno che sa troppo", provò a indovinare Slavchev.

"Chi? Mladenov ha incontrato Varbanov. Per sapere cosa? Ciò che già sa? O per avere la certezza che Varbanov sapesse. Ma allora, perché non lo ha eliminato?"

"Varbanov forse non è il pesce più grande"

"Penev?"

"Forse Penev. Ma quello che abbiamo trovato su di lui non è stato molto indicativo. Uno che operava nel settore degli oli industriali"

"Un imprenditore, comunque ..."

"Qualcuno a cui i soldi non arrivavano più?"

"Magari. O qualcuno a cui i soldi non erano mai arrivati e che voleva partecipare alla festa"

Borko appariva visibilmente sconsolato. Girava intorno al problema senza riuscire a venirne a capo. Aveva a disposizione una serie di tasselli privi di alcuna apparente correlazione, ed a lui toccava incastrarli in un unico disegno. Vasil Mladenov, la Multigroup, i due cadaveri a Zapaden Park e un altro a Velingrad, Georgana Dimovska: ogni cosa sembrava seguire la sua via, senza visibili interconnessioni con le altre.

"Ah, fece a un tratto Slavchev, come se se ne ricordasse solo allora, ho scoperto qualcosa di interessante sulla vita di Anton Goranov"

La sua intuizione l'aveva guidato a quello che era stato l'ultimo indirizzo di residenza di Anton Goranov in Bulgaria.

Non era stato difficile procurarselo negli archivi dell'anagrafe comunale, dove comunque era stato iscritto con quel nome.

Ivan Slavchev si era così andato a fare una passeggiata nel quartiere di Sveta Troitza, in quel rettangolo di alberi e case racchiuso fra Todor Aleksandrov e Slivnitsa.

Il palazzo dove risultava aver vissuto Goranov non aveva conosciuto recenti ristrutturazioni, così come tutti gli altri edifici del quartiere. Nuove superfici bianche di cemento avvolgevano qui e là, a piani diversi, singoli appartamenti, quelli che avevano provveduto a porre dei rivestimenti termici al di là dei muri esterni. Su alcune di queste superfici campeggiava ancora il marchio dell'impresa che aveva eseguito i lavori.

Attraversò il piccolo prato spelacchiato sotto gli ippocastani, dove un'anziana del primo piano aveva steso, fra due aste, i panni ad asciugare al timido sole autunnale.

L'ingresso era ampio e dotato di vetrate, alcune delle quali pericolosamente rotte in più punti. Il portoncino era privo di chiusura, e restava perennemente socchiuso.

Salì una breve scalinata in graniglia, sbrecciata agli angoli, e si ritrovò sul pianerottolo dell'ammezzato.

Anche la cabina dell'ascensore partecipava dello stato di decadenza in cui versava l'edificio. Era angusta, i tasti erano completamente consumati ed alcuni mancanti del tutto; la plafoniera di plastica era sfondata e dal buco spuntava una lampadina.

Raggiunse il quarto piano. Alla porta dell'interno che, da anagrafe, un tempo era stato abitato da Goranov una placchetta in ottone indicava ora il cognome *Georgievi*.

Slavchev bussò al campanello, attese quasi un minuto, ma non ebbe risposta.

In compenso si aprì la porta di fronte. Un vecchio sporse la testa calva al di là dell'uscio e disse: "Non ci sono. Mitka e Sasho sono fuori, dai figli a Varna. Voi chi siete?"

"Oh, la ringrazio. In verità non cercavo Mitka e Sasho"

"Ah no?", esclamò l'anziano, facendosi subito sospettoso.

"Stia tranquillo, Ivan Slavchev, della Polizia di Sofia", disse esibendo il tesserino. "E le assicuro che non ho niente contro i suoi vicini di casa"

"E perché allora bussa alla loro porta?"

"Volevo fare loro alcune domande sui precedenti inquilini …"

"Rayko? E che ha combinato il buon Rayko per essere ricercato dalla Polizia?"

"No, certo Rayko non ha fatto niente di male … Io parlo di molti anni fa. Ma probabilmente neppure Mitka e Sasho sapranno nulla, se si sono succeduti diversi inquilini"

"Io abito qui da molti anni, giovanotto", disse il vecchio con una punta di orgoglio. "Saprò senz'altro più cose io sugli inquilini di questo palazzo che quell'ubriacone di Sasho"

Ivan Slavchev tentennò un istante. Poi comprese di aver trovato la persona giusta. "Posso entrare?", chiese.

"Certo, certo", si convinse il vecchio, "non son cose di cui parlare per le scale, buon Dio!"

Slavchev fu fatto accomodare in un salotto stantio carico di santini e madonne.

"Posso offrirle qualcosa?"

"La ringrazio, preferisco non bere nulla in servizio", rispose l'agente, posando lo sguardo sullo strato di polvere che rivestiva la fila di bicchieri esposti nella credenza.

"Come preferisce. Mi servo io", e il vecchio si versò un generoso bicchiere di rakja prima di mettersi a sedere. "Avanti, cosa vuole sapere in particolare"

"Stiamo facendo indagini su fatti avvenuti molti anni fa. Capirà che è molto difficile trovare informazioni utili quando si va così indietro nel tempo, e quindi ogni notizia che potrà darci, per quanto possa apparire inutile, potrebbe rivelarsi preziosa"

Il vecchio buttò giù un sorso di rakja, sollevando il capo e imbronciando le labbra.

"Potrebbe dirmi il suo nome, innanzitutto? Sa, così facciamo le cose in maniera precisa", si scusò Slavchev

"Tsanko, Tsanko Kostadinov. Ho lavorato in cartiera una vita, e ora mi godo, si fa per dire, la pensione. Lei sa, giovanotto, quanto prendo io di pensione? Duecentocinquanta leva al mese. Duecentocinquanta. Dopo quarant'anni di lavoro. Le sembra giusto?"

"No, effettivamente"

"Non ce la si fa mica, con duecentocinquanta leva, sa?"

"Immagino, signor Kostadinov, immagino", rispose Slavchev sforzandosi di apparire comprensivo.

"Allora, mi diceva, cos'è che vuole sapere?"

"Sì, in realtà parliamo della fine degli anni ottanta"

"Buon Dio!", esclamò Tsanko, con espressione che evidentemente gli era cara, "saranno quasi vent'anni. E che ci sarà mai da indagare su fatti vecchi di vent'anni?"

"Questo non posso dirglielo. Capirà, esigenze di indagine"

"Capisco, capisco … Avevo ancora le mie capsule d'oro in quegli anni, disse, mostrando l'oscura voragine che aveva per bocca, puntellata qua e là da alcuni denti opachi e malfermi. Me le sono vendute via via, per comprarmi il pane che non potevo più masticare, dannazione"

"Abitava qui un ragazzo, un certo Anton Goranov. Giusto prima che crollasse il regime comunista", tagliò corto il poliziotto.

Tsanko parve cercare nella memoria il nome che gli era stato indicato, e portò ancora alle labbra il bicchiere di rakja.

"Penso abbia lasciato la casa giusto nell'ottobre dell'ottantanove"

"Goranov … era quello col cane?"

"Non so, non le so dire se avesse un cane. Le posso mostrare una sua immagine recente", ed estrasse dalla tasca una fotografia che Borko gli aveva procurato e che ritraeva Vasko.

"Ah, questo?" disse il vecchio con aria soddisfatta. "Sì, certo, decisamente invecchiato, ma è lui. Come no …"

Ivan Slavchev attese che l'altro parlasse, ma questo sembrò aver concluso la sua deposizione, tanto che in silenzio svuotò il bicchiere e si alzò per andare a riempirselo di nuovo.

"Allora?", domandò ad un certo punto Slavchev con impazienza.

"Allora è lui. Cos'altro vuole sapere?"

"Beh … qualunque cosa lei ricordi su quest'uomo"

177

"Guardi, era un tipo talmente riservato … Però la moglie me la ricordo, eccome!", fece a un tratto, e il suo sguardo si illuminò di lascivia.

"La moglie?"

"La moglie, la compagna … Ora non so se fosse sposato. Ma un gran bel pezzo di figliola"

"E che fine ha fatto questa ragazza? L'ha più vista?"

"Mah, da allora no … sì, fu strano, in un certo senso …"

"A cosa si riferisce?"

"Sì, ora che mi fa ricordare … Mi tornano in mente una serie di fatti di quell'epoca. Sa, a noi vecchi basta poco per far tornare la memoria sulle cose passate. Poi, se mi chiede invece cosa ho mangiato io ieri sera … già che con quello che mi danno di pensione non si mangia di grasso, ma solo per quello …"

"Ebbene?", fece Slavchev sempre più impaziente.

"Sparirono. Lasciarono la casa così, come se dovessero tornare da un giorno all'altro. E invece, niente, non si videro più in giro. Tanto che il proprietario venne e fece sfondare la porta, perché questi avevano pure cambiato la serratura, e ci fu una grande confusione, e dentro c'era di tutto: vestiti, oggetti personali, cibo perfino". Tsanko finì in un sorso il secondo bicchiere di rakja.

"Questa è un'informazione davvero rilevante, signor Kostadinov"

"Altro non le so dire. Il proprietario fece portar via tutto da un rigattiere e poco dopo fittò di nuovo l'appartamento. Poi, le ripeto, la coppia era molto chiusa, non parlavano con i vicini, entravano, uscivano, buongiorno e buonasera"

"Quanto tempo restarono in quell'appartamento?"

Tsanko ci pensò su: "sarà stato all'incirca un anno, non di più", disse poi, mentre si versava un altro bicchiere di rakja dalla bottiglia che ora aveva lasciato davanti a sé, sul tavolino basso intorno al quale si erano seduti.

Slavchev pensò che poteva bastare, e si alzò per accomiatarsi.

"Signor Kostadinov, lei ha fornito delle notizie molto utili, mi creda"

"Ognuno deve fare il suo dovere di buon cittadino", disse fiero Kostadinov, che nell'altra vita era sicuramente stato un buon informatore della Sigurnost.

"Arrivederci allora", fece Slavchev mentre l'altro gli porgeva il cappotto. E stava già oltre la porta quando quello disse: "Ah, secondo me avranno avuto qualche problema con il parto"

Slavchev si fermò all'improvviso. "Con il parto?"

"Già, la ragazza era incinta. Negli ultimi tempi che l'ho vista aveva un pancione … Per questo quando non li vedemmo più pensammo che lei fosse tornata al paese suo a partorire. Chissà, forse qualche cosa è andata storta, questo pensammo. Però, che nessuno sia tornato a recuperare le cose comunque è strano, non pensa?"

"Già, molto strano", rispose meccanicamente Slavchev. La sua intuizione era stata davvero giusta.

"Ma non è mai tornata al paese d'origine", disse infine a Borko. "L'unica cosa certa è che della ragazza, che si chiamava Milena Kirilova, non si hanno più notizie da allora"

"Dall'ottantanove?"

"Precisamente. Scomparsa, svanita nel nulla. Ci risulta che la madre, una anziana di Yambol, morta alla fine degli anni novanta, abbia fatto una denuncia, settimane dopo. Ma lei stessa riferiva di non sentire spesso la figlia e, in ogni caso, riteneva che potesse essere espatriata in Unione Sovietica con il suo compagno. Così, fece una denuncia formale, ma non si diedero troppo pensiero di andarla a cercare. D'altra parte, in quegli anni ..."

"E in Russia? Avete verificato con chi ha vissuto a Mosca Sergej Sorokin?"

"Sergej Sorokin viveva solo. La sua vita era quasi monacale. No, su questo non abbiamo un granché"

"Amiche, vicine? Qualcuno avrà frequentato questa benedetta ragazza"

"Niente. Milena Kirilova compare e scompare senza lasciare traccia. La sua esistenza sembra essere limitata esclusivamente al periodo di permanenza a Sofia di Anton Goranov"

"E tu credi ...?"

"Lo ritengo altamente probabile", disse Ivan Slavchev, mentre l'immagine di quelle ossa sovrapposte, le più grandi alle più piccole, gli si presentava vivida davanti agli occhi.

180

"Ma perché Vasko avrebbe tirato in ballo quella Georgana Dimovska? A che scopo depistare le nostre indagini?"

L'immaginazione propose a Slavchev diverse scene alternative, tutte accumunate dalla contemporanea presenza di Vasko e Milena, e tutte concludentisi con un colpo ravvicinato, un'esecuzione. La donna cadeva, la pancia restava schiacciata sotto il suo peso, oppure si agitava per un istante ancora sopra di lei oscillando, come rimbalzasse sul suo corpo; ora nella fossa già approntata, ora sul pavimento di casa, sul quale poi veniva trascinata per un tratto.

Quindi, come se si risvegliasse all'improvviso dalle sue divagazioni, esclamò: "Una spiegazione, certo. Vasko poteva essere realmente convinto di quanto sosteneva. Oppure voleva continuare ad esserlo, nonostante le evidenze"

Borko ripensò all'orrore provato davanti a quei poveri resti. "E chi potrebbe biasimarlo, nel caso"

# XIV

I passi che avanzavano lungo gli scalini lo fecero tornare rapidamente in sé. Doveva abbandonare il corridoio quanto prima possibile.

Cercò di rendersi leggero, ma il pavimento era rivestito di legno, e scricchiolò al suo passaggio.

Intanto, assieme ai passi vi era anche un rumore ferroso, che si trascinava su per le scale e poi sul pavimento.

Vasko riuscì a raggiungere l'ultima delle stanze del corridoio. Le camere, al primo piano, erano decisamente più grandi rispetto a quelle del piano terra, dove il salotto occupava buona parte della superficie disponibile.

Era un grosso ripostiglio, dove erano stati stipati gli oggetti più disparati che, in un tempo o in un altro, erano passati per la casa. La disposizione in cui si trovavano dava l'idea di un oscuro ordine, che avrebbe in qualche modo consentito a chi li aveva messi di ritrovarli prima o poi, qualora ne avesse avuto il bisogno. Vi era roba che ti saresti aspettato comunque di trovare in una baita, sci, slittini, vecchie stufe a legna dismesse, pesanti coperte di lana e scarponi per uscire nella neve alta o dopo la pioggia, con il fango. Ma c'era anche una piccola libreria senza scaffali, con decine di volumi ordinati in fila e poggiati in terra; delle cornici di quadri accatastate in un canto; ed un salvagente, di quelli rossi a ciambella, comuni sui traghetti e sulle navi passeggeri; e una batteria, con uno dei tamburi sfondato nel mezzo.

Ma Vasko non vide tutto ciò. La sua torcia elettrica vagò inquieta e rapida nella stanza, e si fermò su un piccolissimo anello che pendeva dal soffitto in legno, tra le cui assi si poteva indovinare appena un disegno geometrico rettangolare.

Non ci pensò troppo. Saltò ed agganciò l'anello aprendo così la botola che dava sul soppalco. Con un nuovo salto riuscì ad aggrapparsi ai bordi e si tirò su con tutte le sue forze.

In breve fu dentro un ambiente piccolo ed angusto, le cui pareti superiori distavano meno di mezzo metro da quelle inferiori, sulle quali stava ora steso. Per fortuna vi erano solo alcune scatole vuote in prossimità del bordo della botola, e che Vasko con un calcio allontanò da sé, guadagnandosi spazio. Con un braccio richiuse l'anta, spense la torcia per evitare che la luce filtrasse attraverso le assi, e rimase sdraiato in attesa.

E l'attesa non fu lunga. Ben presto l'interruttore nella stanza sottostante scattò, ed il piccolo locale dove Vasko aveva trovato rifugio fu pervaso da una tenue luce, che si diffondeva dagli ampi interstizi fra una e l'altra delle assi del pavimento del soppalco.

Vasko sentì camminare e rovistare per il deposito, spostare quegli oggetti che solo ora gli tornavano alla mente, dopo averli rapidamente sorvolati con lo sguardo. Le cornici, gli sci, la stufa a legna. E sentì di nuovo quel rumore, come di catene. Poi, si fece silenzio per un po'.

Improvvisamente una lama si alzò tra le assi, così rapida che Vasko non percepì che un acuto stridio a lato dell'orecchio. E di nuovo, stavolta a sfiorargli la gamba. Istintivamente si girò su se stesso, rotolando di lato. La sciabola sembrava inseguirlo, e la punta strisciò tra le costole, con un attimo di ritardo, giusto quell'attimo prima che egli si voltasse nuovamente sul fianco, per schivare il colpo. Cercò più volte, senza riuscirci, di colpire la lama con la suola delle scarpe, di piatto, nel tentativo di spezzarla, quando questa emergeva tra i suoi piedi.

Come un uomo che lotti con un serpente, chiusi entrambi in una stessa cassa. Sicuramente la sciabola era fra quelle esposte sulla parete del camino, ma chi l'aveva presa dava l'impressione di avere una discreta praticità nel maneggiarla.

Quando Vasko, scansando la lama che di nuovo si infilava fra le assi, capì che l'altro era giusto sotto la botola, l'aprì di scatto, precipitando dall'alto.

Si ritrovò in terra, avvinghiato al suo aggressore. La spada era caduta lontano.

L'effetto sorpresa non aveva consentito alcuna reazione all'uomo, che ora era disteso e tentava invano di coprirsi con le mani la testa, sulla quale Vasko faceva grandinare i suoi pugni.

184

E non si fermò neppure quando la luce, tutto a un tratto, si spense.

Ma l'oscurità nella quale era piombato il locale consentì all'altro di girarsi, facendo perdere l'equilibrio a Vasko, che cadde all'indietro.

Sentì quindi i passi che, rapidi, si allontanarono da lui; sentì chiudersi la porta della stanza; sentì un rumore di oggetti fracassarsi e ripiegarsi su se stessi, lì dove era andata a terminare la breve fuga; e un grido che non si era riuscito a soffocare, più di meraviglia per l'inatteso, che di dolore.

Sentì uno sparo, assordante, ravvicinato, che andò a rimbalzare impazzito tra i materiali accatastati, per poi finire la sua corsa chissà dove. Ne sentì un altro, che si perse muto in qualcosa di molle.

L'interruttore scattò di nuovo. Vasko si parò gli occhi con la mano, accecato dalla luce improvvisa, cercando di mettere a fuoco i contorni dell'ombra che incombeva su di lui.

"Mladenov, avrei dovuto immaginarlo"

Ben prima che la vista si adattasse, la voce non lasciò a Vasko alcun dubbio sull'identità di quell'ombra.

"E' davvero cambiato molto, ispettore, in tutti questi anni", commentò Vasko, mentre faceva per rialzarsi.

"Anche lei, Mladenov. Oppure no, forse lei non è cambiato affatto, a parte il nome", e si scostò quel tanto che era necessario per tenerlo sotto tiro.

"Penso di aver diritto a qualche spiegazione"

Ivanov lo guardò divertito: "Spiegazione? Non mi sembra davvero nelle condizioni per pretendere spiegazioni. Come vede, ho sorpreso due ladri a rovistare nella mia casa. Uno dei due, addirittura, ricercato per omicidio e per resistenza e lesioni ad un pubblico ufficiale. Quale spiegazione vorrebbe ottenere?"

Vasko gli riservò tutto l'odio di cui era capace.

"Ma a che serve, d'altra parte? Uno dei due mi aveva perfino aggredito. Ecco, aveva preso una delle mie spade. Ed ora è morto"

"E di me? Cosa vuol farne? Ucciderà anche me, magari mettendomi in mano una di quelle pistole con codice abraso che voi poliziotti vi portate sempre dietro all'occorrenza?"

"Vasil, Vasil. Che scarsa considerazione hai di me. Possibile che non capisci? Eppure, ai nostri tempi, eri uno dei miei uomini più brillanti. Troppo, probabilmente"

"Che dovrei fare, allora?"

"Ti avrei potuto togliere di mezzo in qualunque momento ma, come ti dissi, ho bisogno di te. Questo caso non è ancora chiuso. Io devo sapere chi ti ha messo sulla mia strada", e pronunciò quest'ultima frase sottolineandola con un sardonico cenno di intesa.

"Dovrei quanto meno sapere su quale strada siamo e dove porta"

"Molto divertente. Vedo che non hai perso la capacità di giocare con le parole. Neanche in frangenti come questi. E' una delle doti che apprezzavo di più in te. Riuscire a rimanere lucidi in qualunque situazione è qualcosa che può spiazzare il nemico. Un nemico meno accorto, s'intende"

"Bene. Ma ciò non sposta i termini della questione. Io non so, davvero non so, cosa lei voglia da me. Se si riferisce a quei resti rinvenuti nel parco"

"Al diavolo i resti. Certo non sono di Georgana Dimovska. Quella ragazza è viva e vegeta, glielo assicuro. E, tra l'altro, i cadaveri erano due, e non uno solo"

"Due?", chiese attonito Vasko.

"Certo. Non lo sapeva? Mi meraviglia, visto che partecipò all'operazione. La donna era in stato interessante, anche abbastanza avanzato. Dalla misura delle ossicine che le son state trovate in corpo, il bambino sarebbe nato di lì a poco"

"Dio mio", gli riuscì solo di dire, con un tono di voce a tal punto flebile da risultare impercettibile. Ivanov notò solo che l'espressione del volto di Vasko era di colpo mutata, ed appariva stravolta, priva di quella lucidità che fino a un attimo prima era stato il suo punto di forza.

In realtà l'aveva sempre saputo, ma aveva lasciato che l'illusione, alimentata dalla lontananza, e dalla naturale assenza di chi è distante, mettesse a tacere ogni dubbio che si sollevasse contro di essa.

Come un imbuto. Cerchi concentrici chiusi l'uno sull'altro, giù, verso un fondo sempre più stretto, dove la mente si va ad incuneare. Un pensiero assoluto, a suo modo luminoso nel suo essere accecante, si sostituì in quell'istante ad ogni altro pensiero, facendo svanire in un colpo Ivanov e la pistola, la stanza con tutte le cianfrusaglie accatastate, la villa nel bosco, e la neve che cominciava a coprire a

187

sprazzi il terreno, e il monte con tutta la città ai suoi piedi, e Boris Yanchev, Georgana Dimovska, Vladimir Penev, Dancho Varbanov, e perfino Zapaden Park con tutte le sue spie, gli alberi e le silenziose PB.

Il vuoto.

Poi, come un tamburino che, in capo all'esercito in marcia, riemerge dal silenzio della battaglia, più deprimente di una carica di cavalleria per l'avversario che credeva il nemico già vinto, il vuoto fu distratto da un ronzio, che sulle note di Dalida cantava *le blé en herbe* o come diavolo si chiamava quella canzone.

Trovando spazi sconfinati nella testa di Vasko, quel motivo si allargò, aumentando di volume, e prendendo pieno possesso delle zone nelle quali andava a straripare, debordando dal suo alveo.

Tutti i suoi sensi si erano introflessi, compreso l'udito, che nessuna parte aveva nell'elaborazione di quel motivo che si faceva via via più assordante.

La reazione imprevista, inconscia sicuramente, che Vasko ebbe in quel momento, lo salvò, prendendo Ivanov, nella sua assoluta irrazionalità, completamente alla sprovvista.

Si avventò di scatto sull'ombra che aveva davanti, disarmandola. Un colpo partì a caso, ma senza attingere nessuno. L'ombra cadde in terra gemendo.

Ivanov non tentò neppure di fermare quella specie di bestia ferita che gli passò accanto veloce, mentre guadagnava l'uscita.

Si alzò anzi con calma, e raggiunse una finestra a cui affacciarsi.

Vasko correva nel vialetto. A portata di tiro, allo scoperto. Ivanov avrebbe potuto mirare, e colpirlo. Ma si limitò ad osservarne compiaciuto la fuga verso i boschi.

Tornò indietro, quindi, e stese la mano all'uomo che era rimasto in terra.

"Tutto a posto?", gli chiese.

"Abbiamo perso un nostro uomo", fece l'altro, "giù alla seggiovia"

Ivanov raggrinzì le labbra, ma fu quello l'unico segno di disappunto che lasciò trapelare sul suo volto.

"Bene", proseguì subito dopo, "non dobbiamo arrenderci. Siamo sempre più vicini al nostro obiettivo. Basterà non perdere di vista il signor Mladenov. Il dischetto è tornato fra noi, e lui è venuto a riprenderselo. Ma una seconda volta non gli riuscirà il colpo, no, non stavolta. Credeva davvero di farmela, inserendo quella carta in russo nel dossier?"

L'altro aveva raccolto frattanto la spada, e ascoltava paziente il monologo del capo, come se ne conoscesse già il contenuto per averlo più e più volte ascoltato. Annuiva compito e disciplinato.

"Sono stato al suo gioco, l'ho fatto venire qui, è questo che voleva, no? La convocazione ufficiale avrebbe giustificato più facilmente la sua presenza sul territorio bulgaro. E ora giochiamo insieme"

Quando Vasko riprese conoscenza era già lontano, in corsa verso il nulla, giù dalla montagna, tra le prime case della città. Le luci gialle dei lampioni affondavano senza strepito nel mare di nebbia che lentamente saliva.

## XV

Vasko sapeva di non avere scelta. Non sapeva ancora chi e perché lo aveva fatto tornare nel suo passato, un passato che aveva invano cercato di dimenticare. Ma era convinto, ora più che mai, che vi fosse un legame con quell'oggetto, quel maledetto piccolo oggetto da cui, diciassette anni prima, tutto aveva avuto inizio.

Lo aveva seppellito, quello sì, con i suoi ricordi, ed aveva giurato a se stesso che non lo avrebbe mai riesumato. Ma ora tutto era cambiato, e le decisioni dovevano essere prese in una nuova prospettiva.

Salì su un taxi fermo nella piazza di Dragalevtsi e comandò di andare a Sveta Troitza. Per la prima volta dopo lungo tempo sentì, nel pronunciarlo, la familiarità di quell'indirizzo, tanto che per tutto il tragitto, mentre fuori scorrevano gli ampi viali notturni che portavano al centro, ripeté in cuor suo quel nome, come a riassaporarne meglio ogni sfumatura.

Il taxi lo depositò sul ciglio dell'aiuola intirizzita. Passò a fianco ad un filo, steso fra un tronco ed un altro, da cui pendevano rigidi un paio di pantaloni e una tuta. Entrò nel portone e salì la prima rampa di scale senza accendere la luce.

Doveva arrivare al quarto piano, ma non prese l'ascensore. Salì cercando di fare meno rumore possibile, agile come un gatto nell'oscurità.

Aveva calcolato le difficoltà del caso, i possibili inconvenienti che avrebbe sicuramente incontrato agendo a quell'ora, e senza un preventivo appostamento. Ma non poteva fare altro. La situazione non gli permetteva di attendere l'indomani, oppure avrebbe bruciato il vantaggio che aveva accumulato. Doveva rischiare.

Giunse davanti alla porta di casa. Il nome sul campanello non gli apparteneva, e gli risultò da subito odioso.

Serrò le palpebre e inspirò profondamente. Sapeva di star attraversando non solo un uscio di casa, ma una botola che dava sugli abissi della sua memoria. Ne era voluto restare fuori, per anni, ingannando i suoi sensi e la ragione. Aveva sostenuto l'insostenibile, creduto all'incredibile. Ma dentro di sé ciò gli aveva consentito di coltivare qualcosa di più concreto che un mero ricordo, qualcosa di fisico e reale, che prendeva forma ogniqualvolta lo desiderasse e ne sentisse il bisogno.

Avrebbe aperto quella porta, adesso, e l'avrebbe aperta davvero, e al di là di essa non vi sarebbe stato né litigio né amore, né gli sguardi pietosi prima dell'addio, né l'irritante disinteresse delle parole vuote. Sarebbe stato investito da un senso di estraneità, che avrebbe cancellato di un colpo diciassette anni di mistificazioni, diciassette anni di vita costruita sulla menzogna, con i suoi finti ricordi, le sue percezioni distorte.

Ma è il destino dei figli infelici delle rivoluzioni, quelli che devono dimenticare il passato per poter rifarsi un presente.

Trovò la forza di bussare, e bussò. Da quel momento in poi non era più padrone della situazione. Si fosse evoluta in un modo piuttosto che in altro, non dipendeva da lui. Sperava, certo, non ci fosse nessuno, o che almeno fosse un uomo a venire ad aprirgli, ma anche in caso contrario non sarebbe tornato indietro.

Qualcuno c'era.

Un secondo prima che la porta si aprisse, Vasko richiuse ancora una volta gli occhi, per gettare il suo sguardo interno sulla vecchia moquette marrone, sull'armadio a muro nello stretto corridoio, sulla lampada a tre bracci appesa al soffitto, e sullo scalino in graniglia verde che dava accesso al bagno.

Riaprì gli occhi, e tutto svanì di colpo, e per sempre.

La porta dava su un ambiente spazioso che fungeva da ingresso, e che era stato abbellito da una kenzia in un grosso vaso rosso, e da un divanetto color crema privo di eccessive pretese.

L'uomo – era un uomo – che gli si affacciò dall'uscio si atteggiò a cortese attesa.

"Posso rubarle solo pochi minuti?", chiese educatamente Vasko, "mi chiamo Rumen, Rumen Tanchev, e sono della ABV" disse, ricordandosi il nome della ditta stampigliato sulla parete dell'edificio di fronte.

Il nome, però, a giudicare dall'impassibilità con cui era stato accolto, non doveva dire un granché all'uomo sulla porta, che si limitò ad una fredda presentazione, dicendo di chiamarsi Aleksander Georgiev.

Vasko, quindi, continuò: "è la società che si occupa del rivestimento termico esterno delle facciate dei palazzi. Sa, la dispersione di calore in questi vecchi edifici è impressionante", e fece roteare gli occhi ad abbracciare l'ambiente d'intorno, come a dare un riscontro tecnico inconfutabile alle sue parole. Nel frattempo, approfittando dell'esitazione che era riuscito a produrre, aveva guadagnato l'ingresso. "Se ha solo qualche minuto da dedicarmi, e mi mostra le ultime bollette, le posso fare un veloce calcolo del risparmio che andrebbe ad avere"

L'uomo non sapeva cosa fare. Era evidente che non aveva intenzione alcuna di dedicare qualche minuto ad ascoltare il signor Tanchev della ABV, ma prima che riuscisse a manifestare questa sua idea, il signor Tanchev aveva raggiunto il salotto, e si stava ora accomodando su una sedia intorno al tavolo da pranzo.

"Signor Tanchev …", provò timidamente ad obiettare l'altro.

"Vedrà, non può neppure immaginare quanto potrebbe risparmiare, nonostante le spese per il rivestimento. Sua moglie ne sarà entusiasta", tagliò corto Vasko.

"Ma … mia moglie non c'è in questo momento, sa … è lei che si occupa di queste cose, magari se potesse tornare un altro giorno …"

Vasko sorrise a quella notizia. "Ce l'ha un'ultima bolletta?", incalzò.

Sasho Georgiev balbettò qualcosa di incomprensibile; poi, rassegnato, si diresse verso una libreria sul muro ad angolo con la finestra.

Mentre quello cercava nei tiretti, esaminando con cura le carte che gli passavano fra le mani, Vasko osservava tranquillo la stanza, i centrini ricamati sopra i mobili, una statuetta pendente della torre di Pisa, una vecchia radio con le casse incorporate, un erogatore a tempo di essenze profumate indefinibili e dolciastre, una pendola ferma, una crepa nella parete, un quadro leggermente storto.

L'uomo tornò, chino su un foglio sul quale sembrava aver spostato tutta la sua concentrazione. "Dovrebbe essere questa", commentò, ed era chiaro che stava cercando una data per esser sicuro che fosse proprio l'ultima, di bolletta, così come gli era stato richiesto.

Vasko attese che Sasho si sedesse a fianco a lui per alzarsi, e prendere posizione in piedi alle sue spalle, come se volesse leggere anch'egli, e dall'alto, la bolletta.

Rapido, estrasse dalla tasca un cavo elettrico di un caricabatterie e gli fece fare due stretti giri intorno al collo del signor Georgiev. La sorpresa impedì a questi la pur minima resistenza. Si dibatté un poco, certo, scalciò per quanto gli fu possibile, portò le mani prima al collo, sul cavo, poi sulle mani di Vasko, ma in un tempo relativamente breve Aleksander Georgiev giaceva esanime in terra, accanto alla sedia rivoltata.

Vasko recuperò il cavo e se lo rimise nella tasca. Cercò di orientarsi in quell'ambiente nuovo, lì dove i muri avevano sostituito altri muri

195

allargando e restringendo gli spazi. Ma la porta d'ingresso era ancora lì, com'era naturale che fosse. E se pure fosse stata cambiata la porta, era la sua ossatura esterna, oltre gli stipiti, che nessuno avrebbe mai pensato a cambiare, a meno che non si fosse voluto abbattere il palazzo.

Ricordava esattamente dove intervenire.

Rovistò per la casa, come un volgare ladro, gettando per aria il contenuto dei cassetti e degli armadi, alla ricerca di uno strumento atto allo scopo. Finalmente recuperò una cassetta degli attrezzi, e si mise al lavoro.

Trascinò una sedia sotto la porta di ingresso e vi salì sopra. Cominciò a battere e martellare il pezzo di muro giusto all'angolo dell'ingresso, che cedette rapidamente come fosse di gesso, sbriciolandosi sotto i colpi che Vasko tentava di attutire con un panno.

Quando si fu aperto un varco sufficiente, vi infilò la mano, e continuò la sua opera staccando a strappi le parti di quel finto muro, finché non fu arrivato ad una specie di custodia inserita lì dentro, nel cuore più duro dell'architrave. La smosse prima lentamente, poi via via più forte, dondolandola da destra a sinistra di modo da liberarla dalla sua camicia di cemento quel tanto che gli servì per estrarne il contenuto.

Dopo diciassette anni toccava di nuovo quel maledetto dischetto, che sperava di aver sepolto per sempre con il suo passato.

196

Due uomini attendevano fuori dal portone di Sveta Troitza, all'interno di una vecchia Ford, a fari spenti. Avevano ripreso a mangiare i panini con cetrioli e lukanka e a bere il loro ayran, la cena interrotta a Dragalevtsi, quando si erano dovuti rapidamente mettere all'inseguimento del taxi su cui era salito Vasko.

Ora avevano avuto il tempo di finire il pasto, e Asen aveva estratto dalla tasca della sua giacca da caccia una piccola bottiglia di rakja. Ne aveva preso un sorso e ne aveva offerto a Rosen, più giovane di lui di qualche anno.

Questi aveva inizialmente fatto cenno di non volerne.

"Prendine, ragazzo, aveva insistito Asen, la notte può essere ancora lunga. E poi, capace che ti fa passare quei butteri che ti ricoprono la faccia"

Rosen grugnì qualcosa, non gli piaceva che l'altro lo prendesse in giro su quegli sfoghi che gli coprivano il volto, ma non avendo, in verità, la risposta pronta, afferrò la rakja e vi affogò la voce.

"Ehi, calmo, però, che così me la bevi tutta – e gli abbassò con una mano il fondo della bottiglia – va a finire che mi guarisci dal buttero, ma ti devo riportare a spalla da tua madre"

Rosen gliela rese accompagnando il gesto con una cattiva parola.

"Ohi, occhio", gridò a un tratto. Un'ombra usciva rapida dal portone, assestandosi la giacca sulle spalle.

"E' lui, aspetta, non mettere in moto, non ancora".

Vasko girò intorno al palazzo, dirigendosi verso boulevard Slivnitza.

"Tu fai il giro, presto, allo stazionamento dei taxi", disse Asen, e scese dalla macchina per seguire a piedi la preda.

Rosen attese che Vasko fosse scomparso dietro il palazzo e partì verso il lato opposto. Uscì dalla strada ed attraversò un tratto di prato, poi passò sui marciapiedi fra i palazzi nuovi del centro commerciale, schivando di poco gli ultimi passanti della sera e i loro improperi. Quindi saltò su un'aiuola e fu in Bulevard Slivnitza. A pochi metri da lui c'era Asen; poco più avanti, verso i taxi, Vasko.

Salì sul primo della fila. Rosen accostò per riprendere a bordo Asen, poi si accodarono al taxi.

Vasko diede un indirizzo di Losenets. Il taxi percorse tutto il boulevard Slivnitza per poi giungere alle spalle dello Jugen Park. Risalì le stradine residenziali del quartiere e lasciò Vasko davanti ad una graziosa palazzina di nuova costruzione a tre piani.

Rosen e Asen accostarono qualche metro più indietro. Videro Vasko premere i pulsanti sul citofono ed entrare, il taxi allontanarsi.

"C'è qualcosa che non mi quadra", disse però alcuni istanti dopo Asen.

"Cosa?"

"Guarda, il taxi non è andato via", disse indicando la macchina gialla che era ripartita solo per fermarsi qualche metro più in là.

"Avrà detto di attendere, forse ha intenzione di riscendere subito"

"Sarà, ma ho avuto l'impressione che il taxi dovesse andar via. Aspetta qui, vado a dare un'occhiata", e scese.

198

Rosen vide il compagno allontanarsi nell'oscurità. Lo seguì con lo sguardo fino al palazzo, dove Asen si fermò a scrutare i nomi sul citofono, lanciando ripetute e nervose occhiate verso l'androne, come preoccupato che potesse sopraggiungere qualcuno. Lo vide fare due passi in direzione del centro della strada, e alzare la testa verso l'alto, verso il palazzo. Vi era una sola finestra illuminata, al terzo piano. Lo vide fargli un cenno, come a dirgli di attendere ancora, e poi lo vide proseguire nella direzione opposta, verso il taxi. Rosen provò una sensazione indefinibile di inquietudine, e cominciò a pregare che l'amico tornasse al più presto.

Un unico contatto aveva conservato, ed era quello che gli sarebbe dovuto tornare utile in caso di emergenza.

Vasko aveva chiamato poco prima di lasciare Dragalevtsi Atanas Yordanov. Sapeva che l'avrebbe trovato disponibile a qualsiasi ora.

Nasko era di quei tipi dotati e votati all'informatica, che lentamente smarriscono la loro strada sociale per rinchiudersi all'interno di qualche applicazione. Allora, anche il loro fisico accenna ad una metamorfosi, più o meno accentuata a seconda del tempo trascorso in solitaria davanti allo schermo. Gli occhi di Atanas erano divenuti sporgenti, la pelle si era assottigliata al punto da lasciare solo uno strato squamoso e quasi trasparente lungo tutto il corpo, le dita si erano affusolate sulle mani ossute, le anche sporgevano femminee dal busto.

La stanza in cui operava era una sorta di antro tenuto in costante penombra da un'unica fonte di luce, una piccola lampada da scrivania, che se rischiarava le mani e la metà del volto di chi vi lavorava, lasciava tutto il resto nell'oscurità. Le pareti erano state per intero ricoperte da scaffalature in alluminio sovraccariche di scatole, di carte e di quelli che a prima vista sarebbero sembrati rottami informatici: vecchi monitor, ventole, blocchi di memorie esterne, hard disk.

Come si videro, i due si abbracciarono da vecchi amici. Forse Vasko rappresentava ancora quel remoto passato sociale un tempo vissuto da Atanas Yordanov.

"Purtroppo ho molta fretta, Nasko, e non posso trattenermi. Questo è il disco di cui ti parlavo. E' un vecchio floppy, di quelli che non si trovano più in circolazione. Ma tu dovresti essere facilmente in grado di leggerlo"

Nasko osservò il disco con atteggiamento clinico, quasi fosse un paziente con una difficile diagnosi.

"Mi servirà un'oretta. Puoi attendere?", disse alla fine, come responso.

"Devo, non ho alternativa. Devo sapere qual è il contenuto di questo maledetto dischetto"

Cominciò a maneggiare, collegando cavi e apparecchiature apparentemente artigianali.

"Qui è un problema di meccanica, non tanto di informatica", disse mentre spostava parti di computer e schede, e nelle sue parole si

200

percepiva il fastidio di doversi dedicare ad un'arte evidentemente meno nobile.

Armeggiò ancora per qualche minuto, poi collegò al computer uno strano slot, inserì il dischetto in una fessura che sembrava adatta per riceverlo ed accese lo schermo.

Quindi cominciò a digitare alcuni comandi, e si vide che era decisamente più a suo agio con queste operazioni. Almeno, la soddisfazione era più evidente.

Sullo schermo apparvero linee su linee di informazioni. In realtà, spiegò Nasko, il contenuto del dischetto era già lì, ma risultava quasi illeggibile, perché sullo schermo erano visibili non solo il testo ma altresì tutti i comandi e le operazioni che a suo tempo erano stati immessi nel disco per farlo funzionare. Così che le parole da leggere risultavano frammiste e sperdute fra tante altre che, a un profano, sarebbero apparse quali ammassi di lettere e cifre incomprensibili.

"Ti posso dire, comunque, così, in generale, che mi sembra sia un elenco di società, di alcune non ne sento parlare più da tempo, ma altre sono famose, c'è anche qualche multinazionale ... e poi ci sono delle cifre, associate a queste società, e dei nomi, forse qualche legale rappresentante, forse il capitale sociale, non so ... no, qui dice *provenienza*, come se fossero fondi provenienti da un'altra parte, non ti so dire, ci sono nomi in russo. Boh, sbuffò alfine, ci devo lavorare, così non capisco nulla"

Vasko era eccitato, eccitato e preoccupato, perché aveva capito, al di là dei sospetti che già nutriva, cosa aveva tra le mani.

"Va bene, si risolse dunque, ti lascio a lavorare in pace una mezzoretta. Scendo a farmi quattro passi"

Rosen vide Vasko uscire dal portone. L'accendino ne rischiarò il volto per un istante, poi rimase solo il punto rosso tremolante della sigaretta ad individuarne la posizione nel buio. Era passato sul marciapiede opposto, sotto gli alberi, e camminava avanti e indietro. Asen non tornava.

Ad un tratto, la piccola brace ardente disegnò una parabola e andò a morire al centro della strada. Vasko avanzò verso la vettura di Rosen. Invisibile, tradito solo dai leggeri riflessi dei suoi movimenti. Rosen trattenne il fiato, per quanto ciò fosse inutile nella posizione in cui si trovava. Vasko sfiorò lo specchietto retrovisore della vecchia Ford e passò oltre. Dallo stesso specchietto Rosen lo vide allontanarsi fino a sparire dalla vista.

Non sapeva che fare, aveva necessità di sapere cosa fosse successo ad Asen. Lontano poteva ancora scorgere la fiancata del taxi parcheggiato sullo stesso lato. Si fece coraggio ed uscì dalla macchina. L'aria era pungente. Recuperò dal sedile a fianco al suo la bottiglietta di rakja e ne bevve con foga eccessiva. Sgranò gli occhi verso la fine della strada, là dove la strada si perdeva nell'oscurità. Si voltò indietro, per assicurarsi che Vasko non stesse tornando. Inspirò profondamente e partì, cercando di darsi un coraggio che non aveva.

Avanzava tenendo lo sguardo fisso su un punto del marciapiede avanti a lui, un punto in cui, su per giù, si sarebbe dovuto trovare il taxi, un punto che, al momento, appariva avvolto nell'oscurità totale. Lentamente, dall'oscurità cominciò ad emergere una specie di dosso, un rialzamento del terreno dai contorni irregolari, un gigantesco fagotto, un piccolo cetaceo spiaggiato. Affiorava piano, man mano che Rosen s'avvicinava al punto, come un'isola all'orizzonte per chi arrivi da mare.

Rosen concentrò tutto se stesso su quel punto, come se i suoi occhi potessero fungere da faro e illuminare ciò che restava in ombra. Non poté mettere a fuoco la scena fino a che non fu a pochi passi. Troppo pochi per poter tornare indietro, per poter fuggire.

Rimase inchiodato al terreno, incapace di muoversi, incapace di una qualunque reazione.

L'isola, il cetaceo, l'informe fagotto, il dosso in lontananza avevano assunto una loro definitiva identità. Il cadavere di Asen giaceva riverso sul selciato. Da uno squarcio sulla gola il sangue aveva invaso buona parte del marciapiede e giù fino alla strada.

Restando immobile, Rosen guardò l'interno del taxi, vuoto. Sollevò lentamente lo sguardo, verso un'oscurità che ora si era fatta più fitta.

Un fruscio delle foglie più alte dell'albero alle sue spalle lo fece sobbalzare. Poi rise, rise di sé, una risata legnosa, nervosa e liberatoria, una risata folle, che echeggiò brevemente riempiendo il nulla della notte.

Poi un fruscio più deciso, più vicino, lo fece di colpo tacere. Un sibilo, ma Rosen non ne percepì che l'inizio, fino a che quel sibilo non si abbatté su di lui, con spaventosa violenza. Rosen cadde a pochi metri da Asen. Un colpo solo gli aveva fracassato il cranio.

Vasko era sceso fin quasi ai limiti dello Jugen Park, lì dove l'aria sollevava in gelidi vortici l'umidità del terreno erboso. La strada era chiusa da una cortina di alberi, e dietro altri alberi, a perdersi nel nulla del parco.

Un tempo Losenets era stato bello, prima di diventare un comune quartiere residenziale borghese. Ora le case si affastellavano l'una sull'altra, seguendo i pendii del terreno, e dalle finestre si era già in casa del vicino, e non c'era vista su niente. C'era la vicinanza al grande parco, la centralità, ma la vastità degli spazi aperti, per un popolo che ama gli spazi aperti e la natura, era persa per sempre. Questo considerava Vasko, scendendo fra le strette e ripide strade che defluivano al parco.

Di nuovo si accese una sigaretta, e mischiava l'odore del tabacco a quello delle foglie morte, quotidianamente macerate nella rugiada.

Quando ritenne che fosse trascorso il giusto tempo, e senza guardare l'orologio, si incamminò lentamente su per le strade che aveva già percorso.

Non fece caso alla Ford ormai vuota parcheggiata poco prima del palazzo di Atanas. Non vide, più avanti, i due corpi stesi l'uno vicino all'altro sul marciapiedi, lì dove fino a qualche istante prima era parcheggiato un taxi, e dove adesso s'era liberato un posto.

S'avvicinò al citofono, ma s'accorse che il portone era socchiuso, ed entrò. Per la sua naturale propensione al sospetto fu preso subito da una lieve inquietudine.

Salì le scale con circospezione, dannandosi ora della leggerezza commessa.

La porta era solo appoggiata, e quando Vasko la spinse si aprì con un gemito sinistro. La luce era ancora accesa, ed ancora illuminava le mani di Atanas, seduto al suo posto come quando Vasko l'aveva lasciato.

Non poteva essere sicuro che non ci fosse qualcun altro nella stanza, e doveva usare la massima cautela. Cercò con lo sguardo di incrociare lo sguardo dell'amico, ma il busto poggiato allo schienale e la testa rimanevano in ombra.

Attese qualche secondo che la vista si adattasse al grado di oscurità che riempiva quello spazio, e cercò di scandagliare i meandri reconditi, chiusi fra gli scaffali, gli scatoloni e tutta quella benedetta cianfrusaglia elettronica.

Aspettò che l'udito gli rimandasse qualche rumore leggero, un qualunque riscontro al più lieve movimento che avesse colmato una distanza, anche infinitesimale. Nulla. Neppure un respiro occupava il silenzio.

Si fece coraggio. Chiamò, prima in un sussurro, poi più deciso, il nome di Nasko. Nessuno rispose.

Si avvicinò quindi alla scrivania, dove Atanas lavorava. Prese il lume e lo indirizzò in alto, verso il volto dell'amico.

La testa era reclinata all'indietro. La gola era attraversata da parte a parte da un tagliacarte. Strano destino, pensò Vasko, per uno che forse aveva preso in mano carta e penna per l'ultima volta sui banchi di scuola.

Usò la lampada come un faro, per illuminare l'ambiente intorno. Non vi erano segni di colluttazione, tutto era nel suo abituale disordine.

Ma fu quando la luce cadde sul lato della scrivania dove era il computer che Vasko sobbalzò.

Sul monitor ormai spento un dito aveva lasciato dei segni di sangue, a formare una scritta infantile. Si leggeva, anche se con difficoltà, il nome di Baba Yaga. E, poco distante, una grossa cartina della Bulgaria era spiegata a mostrare la Regione di Kyustendil. Lo stesso dito imbrattato di sangue si era posato nei pressi del capoluogo.

# XVI

Era quasi l'alba quando Boris Yanchev giunse sul luogo di quel massacro.

Era già stato a Sveta Troitza, quella notte. Fin troppo facile ricondurre l'indirizzo a Vasil Mladenov, per lui. La signora Georgieva era rientrata in casa poco prima delle 20, ed aveva trovato il marito chino sul tavolo, alcune bollette del riscaldamento sparpagliate sotto la sua testa, con i segni evidenti del filo che gli aveva stretto il collo.

Era passato di lì, dove già era accorsa una volante. I poliziotti chiedevano alla signora Georgieva, ancora più incredula che disperata, se avesse nascosto dei preziosi nel muro sopra lo stipite. L'ipotesi era ovviamente quella di una rapina, e Borko si guardò bene dall'esporre le sue perplessità in merito. Lasciò fare i colleghi che erano giunti sul posto prima di lui, e rimase ad osservare la scientifica che prendeva i rilievi.

Poi, alla centrale avevano ricevuto la chiamata da un passante di Losenets, che era inciampato nei corpi stesi in terra di due uomini, finendo in un lago di sangue.

Borko aveva abbandonato l'appartamento di Sveta Troitza e si era precipitato a Losenets, facendosi guidare dal suo intuito.

I due uomini, Rosen Stoyanov e Asen Hristov, furono subito facilmente identificati, essendo stati in forza alla polizia di Sofia fino a qualche mese prima. Ne erano stati allontanati per alcuni episodi di corruzione di cui erano stati protagonisti, e gli investigatori erano orientati a ricondurre il duplice omicidio nell'ambito di un regolamento di conti seguito a quei fatti.

Quindi, illuminando con grossi fari il terreno circostante, qualcuno aveva notato le tracce di sangue lasciate dalle ruote di una macchina in partenza dal punto in cui si era verificata la mattanza. E, meno evidenti, un poco discoste, alcune pedate lasciate dalla suola di una scarpa evidentemente imbrattata di liquido ematico.

Non si era dato, però, molto peso a queste ultime, soprattutto perché i luoghi erano stati decisamente compromessi. Non solo il passante che era inciampato sui cadaveri, ma tutta una folla di curiosi era discesa dai palazzi vicini e s'era messa a passeggiare qui e là intorno ai due morti stesi in terra, prima che la polizia delimitasse la scena del crimine. Cosicché era impossibile isolare un'orma o un'impronta fra tutte quelle che vi erano passate sopra.

Eppure, mentre i colleghi scattavano foto o ascoltavano le persone che abitavano nei palazzi di fronte, per primi quelli i cui appartamenti avevano finestre che affacciavano sulla strada, nel caso avessero visto o sentito qualcosa, Borko seguì le lievi strisce rosse, via via più indistinte man mano che si allontanavano dal marciapiede e attraversavano la via, per finire, quasi in un'ombra, nell'androne di un palazzo una decina di metri più in basso.

Sollevò il capo verso la facciata. Ad alcune finestre vi erano persone affacciate, che si godevano dall'alto lo spettacolo. Di un paio i vetri erano chiusi, e da dentro non vi era illuminazione a rischiararli. Da una, al primo piano, giungeva una luce fioca, che si sarebbe quasi potuta scambiare per un riflesso esterno, opaco.

Borko decise di salire. Le tenui ombre rosse si perdevano dopo pochi scalini. Al primo piano una porta era rimasta socchiusa. La spinse leggermente.

"Ancora visite?" chiese una voce dietro di lui, facendolo sobbalzare.

"Scusi?"

"Oggi c'è un gran via vai di gente dall'appartamento di quel tizio", gli fece la donna che era spuntata all'improvviso dalla porta di fronte.

Boris Yanchev sorrise fra sé. Il vecchio vizio dello spionaggio di vicinato era duro a morire, ma in alcuni casi poteva risultare oltremodo utile.

Si qualificò come agente di polizia. La donna non mutò tuttavia il suo atteggiamento di sospetto. Borko non se ne curò più di tanto, l'avrebbe ad ogni modo convocata in centrale più tardi.

Entrò. La lampada sulla scrivania era ancora accesa, ed ancora illuminava le mani di Atanas, ma Borko cercò un interruttore a lato dell'ingresso. Lo trovò con difficoltà, perché davanti erano stati posti degli scaffali in alluminio. Accese la luce centrale, una sola lampadina pendente dal soffitto, che molto raramente veniva attivata.

Nel vedere la scena, istintivamente strinse le labbra. Nonostante l'abitudine, provava sempre un certo ribrezzo di fronte a quelle morti violente. Ma non si era accorto che, dietro di lui, si era infilata la vicina, e così sobbalzò nell'udire l'urlo provenire giusto alle sue spalle.

La donna si chinò sulle ginocchia, cercando di soffocare un conato di vomito. Borko indugiò un attimo, incerto se prestare soccorso o avvicinarsi al cadavere. Poi, si risolse per la seconda, attratto da un particolare, quelle parole scritte col sangue sullo schermo del computer.

Venti minuti dopo la stanza era occupata dagli agenti della Scientifica. Le tute bianche si muovevano lente come astronauti atterrati sulla luna.

"Le scritte sono state tracciate dalle dita della vittima. Qualcuno gliele deve aver trascinate lungo lo schermo. I polpastrelli sono imbrattati di sangue e ciò non è sicuramente riconducibile all'aggressione", concluse l'agente Yosif, dopo un'accurata ricognizione dei palmi delle mani di Atanas. "A meno che non sia rimasto a gingillarsi con il tagliacarte nella gola per un po', intingendovi le dita per scrivere le sue ultime volontà"

"Possiamo risalire alle ultime operazioni fatte al computer?", chiese Boris ad un suo agente.

210

"Si tratta di un sistema molto antiquato, e se è stato utilizzato un supporto esterno potrebbe non esserne rimasta traccia"

"Provate, tentate. Tutta questa carneficina deve avere un motivo; un motivo serio, intendo"

S'era fatta ormai mattina. Boris Yanchev passò per casa giusto il tempo di farsi una doccia, per poi recarsi alla Centrale e redigere il suo rapporto.

Aveva alcune idee chiare intorno alle quali gravitavano una serie di confusi corollari. Intuiva – seppur in quella forma di intuitiva certezza che caratterizza spesso la verità - che tutto quello che era accaduto da quando era stato affiancato a Vasil Mladenov trovava motivo e compimento in ciò che era avvenuto quella sera.

E l'intuizione lo portava a ritenere che non tutti gli omicidi di quella notte fossero stati commessi da Mladenov; ma che tutti, in un modo o nell'altro, sebbene avvenuti in parti diverse e distanti della città, avessero a che fare con lui.

La nebbia si era intanto impadronita della città. Borko guidò a memoria fino alla Centrale, schivando le sagome grigie che d'improvviso apparivano sulla strada.

Comprò un pezzo di banitza e una bottiglia di ayran per colazione e salì nel suo ufficio.

Vladimir Slavchev arrivò poco dopo. Borko era seduto alla scrivania e addentava con voracità la banitza. Ne offrì un pezzo a Slavchev per cortesia ma, affamato com'era, fu felice che l'altro rifiutasse. Lo invitò ad accomodarsi accanto a lui.

"Allora, Vladi, a che punto siamo?"

"Una mattanza. Ma fatta senza lasciare traccia"

"Novità dal computer?"

"Niente. Tutto quello che sono riusciti a sapere è che Atanas Yordanov stava lavorando con un floppy da 3 pollici e mezzo. Ma il PC non ha conservato traccia del contenuto"

"Chi è Atanas Yordanov? Su di lui avete scoperto nulla?"

"Un hacker di piccola taglia. Uno di quelli che non hanno un profilo pubblico"

"Età?"

"Intorno alla quarantina… perché?"

"Sarebbe meglio verificare chi era e cosa faceva alla fine degli anni ottanta. Non si sa mai"

Slavchev sorrise.

"Qualche idea su Kyustendil e baba Yaga?"

"Nessuna. Abbiamo allertato i colleghi di lì, ma non sappiamo bene su cosa. E' stato un po'… imbarazzante"

"Capisco. Non sarà male andare a fare una passeggiata da quelle parti, comunque. E su quei due? Ancora stanno battendo la pista del regolamento di conti?"

"Credo proprio di sì. D'altronde, è quella più verosimile. Sembra davvero una coincidenza, anche se tre omicidi così efferati nel raggio di venti metri, e contemporaneamente …"

"Tanto una coincidenza non sembra"

"No, in effetti. Comunque, ho preso questi", disse allungandogli una bustina in plastica trasparente sigillata contenente due cellulari.

"Che roba è?", chiese Borko.

"Reperti dalla scena del crimine. I telefonini di quei due morti ammazzati per strada. Sequestrati"

"Perché li hanno dati al nostro ufficio?"

"Indovina …"

"Mah … pare che siamo l'unico ufficio a lavorare, qui. Ma meglio così, visto che, se il nostro intuito non ci tradisce …"

"… questi sono collegati a quegli altri", concluse Vladi.

"Già … bene, li faremo esaminare al più presto", fece Borko, e ripose i due telefonini nel cassetto della sua scrivania.

Poi Slavchev gli mostrò un foglio. "Ho preparato un breve rapporto per il capo. Se vuoi firmarlo, glielo porto"

"E' già arrivato?"

"Non credo"

"Va bene, non preoccuparti, Vladi. Appena finisco glielo porto io", concluse Borko.

Finì lentamente di sorseggiare l'ayran, quando Vladimir Slavchev lasciò la stanza.

Cercò di rimettere in ordine i pezzi di quel rompicapo.

Riprese il ragionamento dal principio.

Vasil Mladenov, o come diavolo si chiamava, aveva fatto in modo di essere convocato dalla polizia bulgara per poter agire in veste ufficiale sul territorio della Repubblica di Bulgaria. Probabilmente era stato lui stesso a far ritrovare i cadaveri in Zapaden Park confezionando poi abilmente un falso rapporto. Di sicuro non aveva fatto tutto da solo, poiché, da quanto era emerso dalle indagini sulla AK e sulla MULTIGROUP, era stato mandato direttamente dai Russi. Qui, però, la ricostruzione di Borko incontrava le prime difficoltà. Perché a Shumen avevano davvero rischiato la vita. E, dunque, doveva ritenere che ci fosse qualcuno in giro determinato a farlo fuori. Ma chi? I servizi segreti bulgari? Poteva anche darsi. Ma possibile che avessero lasciato il caso di Zapaden Park nelle mani della polizia, in quel caso?

Vasil Mladenov racconta di un'operazione finita male, durante la quale sarebbe rimasta uccisa una tale Georgana Dimovska, mentre non può non sapere che il cadavere di Zapaden Park è quello della sua compagna, Milena Kirilova, con in grembo suo figlio. Maldestro tentativo di sviare le indagini? Oddio, non tanto maldestro se per capire che la Dimovska non c'entrava nulla c'erano voluti giorni interi a vagare per la Bulgaria. Intanto Vasil Mladenov poteva svolgere la sua missione indisturbato. E però, perché aveva scelto quel nome? Perché aveva indicato questa donna, che tra l'altro nessuno era ancora riuscito a rintracciare? Probabilmente sapeva che Georgana Dimovska era scomparsa nel nulla, e sarebbe stato facile far credere che fosse morta.

E poi c'è l'incontro con Varbanov. Un incontro che Vasil Mladenov non aveva voluto affatto mantenere segreto. Anzi. Aveva chiesto

214

proprio a lui, a Boris Yanchev, aiuto per rintracciare questa persona. Certo un indizio. Una luce che si era divertito a mettere sulla strada degli investigatori.

Così come non aveva affatto voluto mantenere segreto il CD ROM che aveva installato a casa di Borko. Segreto aveva tenuto il suo contenuto, ma in maniera ingenua, goffa, tale da attirare su di sé tutti i sospetti: era da quel momento che Borko aveva deciso di pedinare Vasko, e di non fidarsi più di lui. Però, era probabile che davvero egli non conoscesse dal principio cosa vi fosse nel CD ROM, perché al contrario non avrebbe mai coinvolto Borko per poi estrometterlo platealmente.

A causa di quel CD ROM aveva raggiunto il Velina. Ed aveva fatto fuori Penev. Forse aveva ricevuto un ordine. Probabile. Far fuori un imprenditore non allineato. Un imprenditore che aveva protestato; o che era rimasto fuori dai giochi; o che pretendeva troppo. Qualcuno che, comunque, non aveva avuto scrupoli, e che aveva tentato di farlo fuori, o che aveva magari voluto solo spaventarlo: certo è che il suo arrivo, quando già stava per perdere i sensi all'interno della sauna, era parso provvidenziale.

E poi, la carneficina della notte appena passata, apparentemente casi diversi, privi di alcun legame fra loro, episodi di efferata, normale criminalità, ciascuno con la sua storia. Il pensionato ucciso nella propria casa durante una rapina; l'hacker ucciso nella sua tana per punire una indebita intrusione, in modo che servisse ad esempio per tutti; i due ex poliziotti cacciati dal servizio giustiziati da qualche banda criminale o da altri vecchi colleghi con cui avevano conti in sospeso.

Ancora con quelle immagini negli occhi, Boris Yanchev si alzò dalla sua scrivania, ed andò nella stanza di Ivanov stringendo il rapporto di Vladimir Slavchev fra le mani. Distrattamente lo lesse. Come tutti i rapporti di indagini ancora confuse, diceva tutto e niente. Adombrava collegamenti improbabili e li smentiva allo stesso tempo.

Ivanov non era ancora arrivato, e non c'era nessuno nel suo ufficio.

Borko si accostò alla scrivania per posarvi il rapporto, ma urtò maldestramente una pila di carte facendole cadere in terra.

Lanciò un'imprecazione e si mise accovacciato a raccogliere i fogli, sperando di riuscire a riprodurre l'ordine originario.

Ma fu sistemando uno degli ultimi incartamenti, che vide ciò che non avrebbe creduto di trovare. Assieme ai fogli erano cadute in terra diverse foto: Vasil Mladenov era stato pedinato da quando aveva messo piede in Bulgaria. Alcune di quelle foto ritraevano anche l'agente Yanchev, che l'aveva accompagnato.

Recuperò dal fascicolo un numero di telefono. Rapidamente lo memorizzò sul suo telefonino. Poteva forse essere il numero di Vasko.

Rimise rapidamente a posto le ultime carte, e risalì nel suo ufficio.

Appena rimasto solo, chiuse la porta e prese il cellulare.

216

"Coraggio, Borko. Fallo", tentò di convincersi, mentre rigirava fra le mani il telefonino.

Aprì la tastiera, recuperò il numero memorizzato pochi istanti prima. Inspirò profondamente. Poi disse: "A noi due, signor Mladenov", e fece partire la chiamata.

Non appena sentì il suo telefono dargli il segnale di libero, però, un altro telefono cominciò a squillare vicino a lui. Cercò con lo sguardo sopra la scrivania da dove potesse venire il suono, ma il suono era attutito, come se l'apparecchio si trovasse nella tasca di un cappotto.

Si alzò, e girò intorno alla scrivania. Poi si ricordò dei reperti sequestrati ed aprì il cassetto.

Chiuse la chiamata che, intanto, non aveva avuto risposta. Anche il telefonino nel cassetto smise di squillare.

Aprì il cassetto. Prese il reperto che ancora era illuminato per la chiamata ricevuta. Ripeté la chiamata. Di nuovo il telefonino sequestrato squillò. Lo schermo lampeggiava indicando il numero chiamante: il suo.

## XVII

Spesso, specie nel tardo autunno, Kyustendil rimane immersa nella nebbia. Se ne sta lì, acquattata, per giorni a volte, a volte per settimane, senza riemergere dal suo catino bianco, facendo capolino solo dalle parti di Hissarlaka, lì dove sorgono i resti dell'antica fortezza e la città sale verso il monte.

Si vive una vita dai sensi attutiti, perché la sua bianca presenza, densa, più prossima alla forma liquida, ispessisce le distanze, rallentando i movimenti, ed ogni voce appartiene ad un pianeta diverso e lontano, dal quale flebilmente viene percepita, quasi intercettata su frequenze aliene.

All'inizio ti opprime. Ti sembra si attacchi ai vestiti, te ne porti l'odore perfino a letto. Come metti il naso fuori l'uscio di casa, pensi che finirà per schiacciarti il petto. Ne valuti il peso, la forma, la consistenza. Alzi un braccio, e puoi verificarne l'attrito. Respiri, inspiri, ma ti manca l'aria, perché non puoi credere che quella cosa lì sia aria, sia anche un po' aria.

Sei felice quando entri in ambienti chiusi, perché d'incanto riappare la realtà delle cose, dove le pareti delimitano gli spazi, spazi visibili e determinati, offrendoti punti di riferimento che credevi perduti, e risvegliando un senso di orientamento che oziava dimenticato.

Poi ti ci abitui, e ti avvolgi in essa come in una calda coperta quando fuori fa freddo e piove. Non riesci più a farne a meno e provi un ignoto fastidio se solo al mattino, al risveglio, il tetto della casa di fronte si staglia visibile nel tuo orizzonte. Temi di perdere la sua protezione, ed inizi a ragionare come un ladro, che nella nebbia cerchi riparo alla fuga.

E la sua presenza si fa rassicurante la notte, quando torni a casa, e sai che l'intero mondo, lì fuori, è sparito, inghiottito da una marea lattiginosa, nella quale le tue quattro mura fluttuano sicure.


Vasko, in questa nebbia, sembrava muoversi a suo agio.

In una città che aveva frequentato a lungo, anni prima, non aveva difficoltà a ritrovare strade e piazze.

E la mancanza del senso della vista donava al suo vagare il senso del tempo perduto. Perché lì dove adesso vi erano solo ampi spazi abbandonati riviveva per lui la folla di ragazzi e ragazze in fila per l'ingresso in discoteca; e il laghetto asciutto, pieno di sterpi, vicino alla stazione, si riempiva nuovamente di acqua, dove le barchette degli innamorati scivolavano lente, al centro, per raggiungere e superare il ponticello di pietre, e scambiarsi baci al riparo dagli occhi dei passanti; e il ristorante del grand hotel Velbujd, con il suo lusso antico e di regime, faceva riecheggiare ancora, nei saloni ormai vuoti, le grida e le risate di una festa di laurea.

Kyustendil era pur sempre un capoluogo, ma il numero dei suoi abitanti si era quasi dimezzato negli ultimi venti anni. Molti giovani erano andati via, ed erano rimasti gli anziani, sempre più vecchi e sempre più soli, a far da guardiani tristi ai ricordi del tempo passato.

Il teatro era ancora lì, nel bel mezzo del Boulevard Bulgaria. Vi passavano ogni stagione le compagnie più importanti, e vi si realizzavano interessanti produzioni. Vasko si fermò davanti al cartellone, che ora illustrava i film che sarebbero stati proiettati nel fine settimana.

Eppure, pensò Vasko, avrebbe potuto vivere d'acqua, Kyustendil. Città termale dal tempo dei Romani, che la chiamarono Pautalia, in posizione gradevole, ai piedi delle montagne, e a pochi kilometri dal confine con la Serbia e la Macedonia.

Kyustendil scontava il fatto di essere una cittadina troppo grossa per essere turistica, ma troppo piccola per essere un capoluogo. Velingrad era nata dal niente e nei suoi spazi vuoti avevano facilmente trovato posto i moderni alberghi di lusso. Kyustendil doveva fare i conti con quanto già c'era, preservando, restaurando, sostituendo.

Boulevard Bulgaria era rimasto il suo centro, e concentrava, forse più di prima, tutta la vita locale, che un tempo era soggetta ad apparizioni intermittenti, qui e là sparse per piazze e per vie limitrofe. Ora invece una teoria ininterrotta di bar, gelaterie, pizzerie e ristoranti faceva intendere che era quello, e quello soltanto, il punto gravitazionale cittadino.

Proseguì fino al ponte, dove si vedevano, nonostante la nebbia che in quel punto, vicino al canale, si faceva ancora più fitta, le forme giunoniche di donne svestite, sdraiate o sedute, scolpite nel classico stile da realismo sovietico, e che tanto solleticavano i sensi dei giovani studenti, un tempo, quando passavano da lì.

Ritornò per vie interne, spoglie e fangose, bellissime in primavera, quando i ciliegi fioriscono e chiudono il cielo in basse gallerie di petali bianchi.

Dall'ampia piazza Velbujd era invisibile la collina, e come fantasmi apparivano le sagome dei bei palazzi tardo ottoceschi in stile austro-ungarico.

Più lontano, sulla sinistra, dietro una cortina di alberi emergeva, come una nave mezzo affondata, la chiesa dell'Assunzione, per metà interrata sotto il livello stradale, così come richiesto dalle rigide regole ottomane nella costruzione di luoghi di culto cristiani. La torre, con le sue travi di legno a vista, galleggiava in quel mare bianco simile all'albero maestro.

Avvicinandosi alla chiesa lentamente emergeva dal nulla il giardino, come un miraggio incantato di un libro di fiabe. Oltre il giardino, una scala in discesa faceva da ingresso alla chiesa. Rischiarata dalle decine di candele poste in terra e sui candelabri, le prime per i morti, per i vivi le altre, che illuminavano più da presso i volti dei fedeli. In fila per baciare le icone, e lasciarvi sul bordo una moneta da venti stotinki.

Ebbe voglia di pregare. Non sapeva quanto tempo fosse passato dall'ultima volta che aveva rivolto a Dio una preghiera. Incerto cominciò a ripetere a memoria un Padre Nostro. Si meravigliò di ricordarlo, così come lo aveva appreso in Italia. Poi riuscì a recitare anche una preghiera in bulgaro, e gli riuscì perfino più semplice.

Si accostò a San Giorgio, si chinò a toccare il quadro con le labbra, e vi lasciò accanto due leva. A fianco vi era una bellissima icona della dormizione della Vergine. Restò a guardarla per un momento: maternità e morte si univano ad un tratto, nella fiducia che il sonno rendesse gloria al Signore.

Quando uscì si sentiva confortato. Sapeva dove doveva andare. Fece un ultimo giro dietro la piazza con il parco giochi, dove i bambini girano in tondo sulle macchinine elettriche. Dietro, dove c'è il mercato, e la fonte d'acqua termale a cui la gente fa la fila con le taniche, l'acqua preziosa che sgorga bollente ed alza un vapore caldo d'intorno. Dietro, dove c'è l'antica moschea abbandonata, murata e impalcata da incalcolabile tempo, tenuta lì in piedi, quasi a sfregio, su una delle strade principali della città.

Prese un taxi, e si fece portare ad Hissarlaka, oltre i confini abitati della città. L'auto passò per le strade in salita, su, oltre l'ospedale, percorrendo per un tratto la via che porta a Tribuki, dove d'inverno si può pure sciare.

Vasko conosceva a memoria quel percorso, e lo indovinava ora che scorreva invisibile al di là dei finestrini. Era un mistero come l'autista riuscisse a guidare con discreta sicurezza in quella nebbia fitta.

Ma fu sufficiente andare oltre il bivio per Tribuki, salire altri venti o trenta metri, superare tre o quattro curve ancora, e la macchina emerse dalla nebbia.

Di colpo, il sole. Un cielo terso, pulito, azzurro. Ampio, come solo sa vederlo chi vive per giorni nella nebbia. D'istinto Vasko inspirò profondamente, come se dovesse riprender fiato dopo un'immersione prolungata.

Sembrava impossibile che fosse lo stesso luogo, e lo stesso giorno. Quello che adesso tornava alla mente come un ricordo lontano, un'esperienza passata, finita, era ancora lì, presente, pochi metri più giù. Sarebbe bastato ripercorrere a ritroso lo spazio minimo che divideva il prima e il dopo, e tutto sarebbe tornato ad essere attuale. Lo stesso senso di oppressione che ora non si riusciva a credere fosse stato reale. Tanto facilmente ci si abitua, nel bene e nel male.

Col bel tempo, dalla strada che sale fra i boschi, si ha una vista bellissima della città dall'alto, e lo sguardo arriva fino al confine macedone. Ora, da quella posizione, si vedeva soltanto un enorme lago bianco, delimitato dalle coste delle cime più alte.

Chiese all'autista di fermarsi. L'auto accostò vicino all'hotel Hissarlaka.

Vasko ricordava una gradevole terrazza affacciata sulla città, le partite a biliardo con gli amici, le serate fredde a bere rakja davanti al camino.

Scese, e si aggiustò i pantaloni tirandoseli su per la cinta.

Si diresse prima alla terrazza. Il panorama si vedeva dalla strada, ma la terrazza era inaccessibile, la ringhiera divelta, le piastrelle sollevate ed un nastro rosso e giallo a sbarrare l'ingresso.

"Stava per crollare", lo avvertì il tassista, "non le conviene avvicinarsi"

Vasko annuì e andò verso l'ingresso. Gli si fece incontro un uomo.

"E' possibile entrare?", chiese a quello che doveva essere il custode.

"Se vuole"

"Sa, venivo spesso qui. E' passato del tempo, certo, ma ho ancora molti ricordi"

"A volte è meglio conservarli come sono… i ricordi, intendo. Si può restare delusi"

"Correrò il rischio"

Il custode aprì il portone dell'hotel Hissarlaka. Nella hall era rimasto il bancone di legno chiaro, e le caselle vuote del mobile a muro che un tempo ospitavano le chiavi. Vasko notò in terra alcuni depliant della stagione invernale del novantaquattro.

"Cosa ci faranno?", chiese.

"Cosa volete che vi dica? Devono sempre iniziare i lavori, i restauri, ma passano gli anni e non si inizia mai. E ogni mese cade qualche pezzo"

Vasko cominciò a salire l'ampia scalinata che portava al piano superiore, testando ad ogni passo col piede gli scricchiolii del legno.

"Vada pure tranquillo", gli fece l'uomo, "la scala fa rumore ma è ancora solida. E' buon legno, questo qui"

Alla sommità della scala si ritrovò nel grande salone del biliardo. Il tavolo c'era ancora, rovesciato, con le gambe all'insù. Le poltrone erano riunite in un angolo, e coperte con lenzuola diventate grigie per la polvere.

L'orologio a muro era fisso su un orario imprecisato. Poteva essere l'ora della tragedia, quella in cui esplode la bomba, o crolla il palazzo, e gli orologi si fermano a testimoniare il momento preciso del disastro. Ma in questo caso, non vi era stata esplosione né crollo, era solo una lenta agonia che, in un istante indistinto, dopo essersi trascinata per chissà quanto tempo, era lì andata a morire, esaurendo le sue forze.

Un vociare di ragazze e di ragazzi si avvicinava, come salisse dal piano di sotto. Sentì una musica provenire alle sue spalle, una canzone di un gruppo pop degli anni ottanta, e d'istinto si girò verso l'angolo in cui ricordava esserci il juke-box. Non vi era nulla, l'angolo era vuoto e le pareti bagnate di muffa.

Interrogò con lo sguardo il custode, che tuttavia restava in silenzio sull'uscio, come il guardiano del cimitero che abbia accompagnato il visitatore sulla soglia di una cappella privata, e ne sia rimasto fuori, per discrezione.

Non c'erano voci, e non c'era la musica. Nessuno saliva.

"Bene, grazie, è sufficiente così", disse risoluto, forse più di quanto avrebbe voluto per nascondere la sua emozione.

Scese di corsa le scale e uscì dall'Hissarlaka. Il tassista era rimasto accanto all'auto, ed ora parlava al cellulare. Rideva, ed il riso gli scuoteva il corpo dal bacino in su, facendo dondolare il capo come quei pupazzi a molla che escono dalle scatole.

Vasko gli interruppe la telefonata. "Al parco, presto", gridò entrando in macchina.

Non era molto distante ancora, la piazza con la fontana ed il ristorante Cheshmeto, dove spesso aveva pranzato, specie d'estate, quando era bello stare nel giardino all'aperto, lì, al principio del bosco.

Pagò il taxi e scese. Non vi erano altre macchine parcheggiate nello slargo. Non era la stagione giusta per salire lassù.

Prese il sentiero che parte giusto di fianco al ristorante e, dopo poco, si ritrovò in uno spiazzo fra gli alberi.

C'erano gli scivoli, le altalene, e gli altri giochi. C'era il treno in legno, sui cui vagoni saltavano i bambini fantasticando di condurre la locomotiva in viaggi verso l'ignoto. E, dove ricordava, c'era la casetta di Baba Yaga. In realtà era una casetta fatta di tronchi di legno, con una scala che portava ad un piano superiore, ed un balconcino che correva lungo tutto il piccolo perimetro. Non sapeva

226

se avesse qualcosa a che fare con Baba Yaga, ma i bambini la chiamavano così, e quindi era per tutti, semplicemente, la casetta di Baba Yaga.

Fu lì che puntò, dritto, senza esitare. Le loro iniziali intagliate nell'albero sicuramente erano state cancellate da altre, più recenti, frutto di dichiarazioni d'amore più sincere, forse. E la lettera con le reciproche, eterne promesse, incastrata sotto la terza asse del pavimento del piano superiore, quella un po' più sconnessa, che bastava sollevare per alzarla quel tanto che consentiva di infilarci un foglio di carta, una ciocca di capelli o un braccialetto di fili intrecciati, era andata perduta sotto chissà quale pioggia autunnale, che l'aveva macerata nel muschio e nelle foglie.

Era lì. Adesso anche altre assi rendevano il pavimento instabile. Ma Vasko sapeva che era la terza, a contare dall'uscio della porticina, quella sotto cui doveva cercare.

## XVIII

Mancavano pochi minuti a mezzanotte, ma Vasko era già lì da tempo. Sdraiato sulla terra umida, nel punto esatto in cui, diciassette anni prima, aveva atteso che arrivasse la sua preda.

L'aveva convinta a fidarsi, e lei si era fidata. Con la fiducia dell'amore, una fiducia conquistata a poco a poco, lentamente. E lei non si era dimostrata all'altezza della situazione: si era innamorata.

Si erano incontrati quella stessa sera, in un anonimo appartamento al quinto piano di un palazzone di Ilinden, ai margini del parco. Andrà tutto bene, le aveva ripetuto, andrà tutto bene. Avevano fatto l'amore, poi. L'amore può trasfigurare anche il luogo più squallido, una sordida stanza con un armadio in compensato e un letto di ferro, sopra un materasso che gemeva e gridava e teneva su le sue molle rigide come se chiedesse che l'amplesso potesse non avere fine. Ma per lui, nel ricordo, quella stanza era rimasta solo una sordida stanza con l'armadio in compensato ed un letto dal materasso rotto.

Era quando l'aveva vista alzarsi, sollevare davanti a lui il culo dal letto e muovere le anche per andare al bagno, che aveva provato

228

l'unico momento di eccitazione vera. Ma era durato un secondo, perché subito s'era alzato dietro di lei, e si era diretto verso il cappotto lasciato appeso all'ingresso. Sapeva in quale tasca teneva il dischetto.

Stordita dall'amore, Geri non aveva pensato a nulla. Si era rivestita rapidamente, e rapidamente era uscita di casa, diretta al parco, per farsi trovare nel punto fissato all'ora stabilita.

Lui l'aveva seguita, senza farsi accorgere. Aveva raggiunto il posto dove ora si trovava, e da dove poteva dominare l'area sottostante.

Ed aveva assistito a tutta la scena. Aveva visto la ragazza ritta fra gli alberi, tranquilla. Non doveva avere paura della PB che la puntava, da qualche parte lì nel bosco, sapeva che era caricata a salve. Era la parte che era chiamata a recitare.

Le sue mani esperte sostituirono il silenziatore di un'altra PB, con rapidità.

*Solo uno scatto, attutito e lieve, come la bruma che avvolgeva i rami senza nasconderli alla vista.*

Puntò il bersaglio, in attesa di udire il primo colpo, quello che doveva fare rumore, rumore e basta.

Non sapeva dove Geri sarebbe caduta; doveva attendere, poi sparare.

Il colpo fu quello che fece alzare gli uccelli in volo, destandoli dal sonno. E cadere in terra Georgana Dimovska, senza la naturalezza propria alla vera morte, con le mani avanti e le ginocchia piegate.

Era lì, quel corpo in caduta, e lui doveva intercettarne la traiettoria. Colpirlo prima che toccasse terra, se possibile.

Sparò. Solo lui poté udire il sibilo del proiettile partire dalla canna della sua arma. Giusto un impercettibile spostamento, come se la caduta si fosse arrestata ad un tratto per proseguire deviata di qualche centimetro più indietro. Geri era stata colpita.

Si scoprì un tremore alle mani a lui ignoto. Non aveva neppure per un momento temuto di fallire, di non farcela. Eppure ora le sue mani tremavano, e non avevano la stessa agilità di pochi istanti prima, quando avevano con dimestichezza e facilità cambiato rapidamente il silenziatore, e con fermezza mantenuto la mira sul bersaglio.

"Una bella distanza, non c'è che dire"

La voce alle sue spalle, seppure attesa, lo fece sobbalzare. Si voltò di scatto.

"Questa l'ho conservata per l'occasione". Geri gli puntava contro una Besshumnyy 6P9.

"Resta sempre la mia arma preferita", disse Vasko. "Dopo la Makarova, ovviamente"

La rivedeva ora dopo diciassette anni. Nell'aspetto non era poi cambiata di molto, ma l'odio di cui s'era nutrita per tutto quel tempo aveva lasciato delle tracce più che visibili.

"Adesso girati lentamente, metti le mani sulla testa e cammina"

"Dove devo andare?"

"Nel punto esatto in cui mi hai ammazzato, brutto maiale"

Vasko fece come gli aveva comandato di fare. Si girò verso la radura, mise le mani sul capo, e cominciò a scendere il declivio. Geri lo seguiva, e Vasko poté notare che zoppicava vistosamente.

"Ti ho preso alla gamba?", le chiese.

"Zitto e cammina, maledetto"

"Non mi era mai capitato di sbagliare mira. Ma con te è stato diverso, evidentemente. Non l'avrei creduto possibile, e non riuscivo a crederci, neppure quando ogni evidenza mi dimostrava il contrario. Eppure, ho fallito la mira"

"E' questo che t'importa, vero? Aver fallito la mira. Bene, io non commetterò lo stesso errore. Diciassette anni. Ho vissuto diciassette anni in attesa di questo momento. E finalmente, è arrivato"

Giunsero nel posto dove Geri era caduta in terra, là dove Vasko l'aveva colpita. Una vanga in terra segnava il punto.

Geri lo avvicinò e gli tastò il corpo, a sincerarsi che non nascondesse qualche arma.

"Adesso comincia a spalare", gli fece.

"Come?"

"Prendi la vanga e scava. Qui sarà la tua fossa"

Vasko obbedì, raccolse la vanga da terra e cominciò a spalare. Geri lo seguiva a distanza di sicurezza, tenendogli sempre puntata addosso la Besshumnyy.

"Non hai già avuto abbastanza vendetta?"

"Tu sei ancora vivo, a quanto vedo"

"Due innocenti non bastano?"

"Sei tu la causa della loro morte. Anche loro attendono vendetta"

"Sei pazza. Sai che non potevamo decidere nulla, noi. Eravamo pedine, allora"

"Le pedine non amano, Anton. E io ti ho amato"

"Ed è per questo che hai ucciso? Sai che Milena era sempre stata all'oscuro di tutto? Cosa c'entrava lei? E il bambino che portava con sé? Cosa c'entrava?"

"I tuoi ideali erano più fondati per uccidere?"

"Facevamo lo stesso sporco lavoro io e te. E sai che questo fa parte del gioco. Si può uccidere, ed essere uccisi. E si può essere traditi"

"Muoviti, avanti"

Vasko cominciò, lentamente, a sollevare la terra e a deporla di lato, a formare un piccolo cumulo.

"Quindi, sei stata tu a farmi tornare qui, giusto?"

"Per diciassette anni non ti ho perso di vista. Hai cambiato nomi, paesi, passaporti. Sapevo sempre dove e come trovarti. Ma dovevo farti tornare qui, in questo punto di Zapaden Park, perché è qui che tutto ha avuto inizio"

"La telefonata anonima, il telegramma in russo … dovevo immaginarlo"

"In fondo i fatti, così come sono stati ricostruiti, non erano poi tanto lontani dalla realtà. Io dovevo uscire dal gioco"

"Solo che nessuno di voi immaginava che anche io stessi giocando allo stesso gioco, vero?"

"No, a quel tempo no. Nessuno di noi aveva avuto dubbi su di te. Sei stato bravo, in questo"

"Formidabile", li interruppe all'improvviso una voce maschile alle loro spalle, "due dei miei migliori allievi si ritrovano assieme dopo tanti anni. Queste sono soddisfazioni. E non essere modesta, Georgana, sei stata molto brava anche tu. E l'epilogo di questa vicenda lo dimostra. Forse troppo coinvolta sul piano personale, la vendetta non sempre è utile al raggiungimento dello scopo, ma per il resto ..."

L'ispettore Ivanov, nel buio, li teneva sotto mira. "Anch'io ho sempre apprezzato le Besshumnyy, ma trovo più pratica la Beretta, adesso, più maneggevole"

"E lei, da che parte sta, ispettore?", chiese Vasko.

"Dalla parte da cui sono sempre stato, quella del mio paese. Come diciassette anni fa"

"Già ...", fece Vasko ironico.

"Mi ci è voluto un po', davvero, per capire che eri tu, che eri tornato, Anton Goranov. Non me ne sono meravigliato, però, pensavo dovessi portare a termine un lavoro. E invece, sorpresa, scopro che all'origine di tutto c'è solo una inesauribile, folle, disperata sete di vendetta. Bello, mi piace. Ho sempre pensato alla vendetta come al vero motore primo delle azioni umane, perché le lega ad un'ossessione, e non le lascia più libere fino a quando non è stata soddisfatta. Anche se, come ti dicevo, nel nostro mestiere occorre essere più professionali, farsi guidare meno dalle passioni"

"Quindi sono stato io, ispettore, a portarla sulla giusta strada, quando le ho dato il nome di Georgana Dimovska"

"Mi hai fornito un collegamento importante, certo"

"Che romantico, pensare a me, appena hai visto la fossa", intervenne Geri.

"E adesso, ispettore, cosa segue? Che fa, il bravo poliziotto e ci arresta?"

"Ti ho salvato più volte la vita da quando sei arrivato. In troppi ti aspettavano da troppo tempo, e molti pensavano che tu avessi già quello che invece dovevi ancora recuperare. Ma io ho saputo aspettare"

"Penev?"

"Penev era solo un povero idiota. Seguiva sue fonti indipendenti, andava per tentativi, risaliva la catena anello per anello, ma non aveva ancora capito chi alla fine gli avrebbe potuto dare quello che cercava. Tu eri troppo astuto, per uno come lui. Per questo ti aveva sottovalutato, e credeva di poterti eliminare come già aveva fatto con altri"

"Lo so, ho il suo taccuino. E l'anello successivo sarebbe stato lei, ispettore, lo sapeva?"

"Sottovalutava di certo anche me. Ma è inutile parlarne, ripeto, Penev è solo un piccolo imprenditore che aveva fiutato qualcosa, ma non era in grado di distinguerne l'odore. E comunque, come avrai visto, non era il solo che ti stava dietro … anche qualcuno dei miei, per troppo zelo, ha rischiato di mandare a monte tutto quanto. Per fortuna, sei stato addestrato in maniera eccellente, e non lo dico con modestia"

"E però, ispettore, come sicuramente saprà, non ho più quello che cerca"

"Tu no, ma lei sì", disse indicando con la canna della pistola Georgana Dimovska.

"Cosa glielo fa credere, ispettore? E' ovvio che non posso aver agito da sola. Sarei stata pazza a tenere con me il dischetto e a non metterlo al sicuro"

"Chi odia, come tu odi, segue le strette logiche della follia, che portano ad azioni meno imprevedibili di quelle guidate dalla razionalità. Se non avessi alla fine condotto qui Anton, magari avrei potuto convincermi del contrario. Ma se qui doveva concludersi la tua vendetta, non poteva mancare sulla scena l'oggetto che è all'origine di tutto. La teatralità di cui hai dimostrato non poter fare a meno rendeva indispensabile che il dischetto fosse ad un certo punto il protagonista di questa pantomima"

"Un dischetto, solo uno stupido dischetto, probabilmente inutilizzabile. A che mi servirebbe?"

"Hai fatto una discreta carneficina per averlo. Presumo che ti serva come una specie di talismano per il tuo macabro rito", e Ivanov pronunciò queste ultime parole con marcato disprezzo.

Vasko rise.

"Che cazzo hai da ridere, adesso?" gli fece Geri, visibilmente nervosa.

"Pensavo a tutto quello che mi è toccato fare per stare dietro a questo dischetto che tutti vogliono, e non ho ancora idea di cosa diavolo contenga"

"Per questo ti ho sempre apprezzato, Anton, gli fece di rimando Ivanov, lavorare con dedizione, senza farsi troppe domande, e senza neppure sapere più del necessario: ecco la regola aurea per un buon agente dei servizi. Peccato averti trovato dall'altra parte della barricata"

"Questione di prospettiva"

"Visto che penso non ci rimanga più molto tempo da passare assieme, potrei anche soddisfare la tua curiosità"

Geri lo provocò: "Ci dica, avanti, ispettore. Per cosa abbiamo ucciso e tradito? Cosa contiene il dischetto? La formula di una nuova potentissima arma, forse?"

"Qualcosa di molto meno distruttivo, e molto più potente. Il controllo dell'economia di tutti i paesi del vecchio blocco comunista"

Vasko non sembrò sorpreso. Annuì leggermente col capo. Geri raddrizzò impercettibilmente la schiena, cercando di non tradire un certo disagio.

"Poco prima che la cortina di ferro andasse in frantumi, il Partito Comunista Sovietico corse ai ripari, al fine di continuare a gestire l'economia dei suoi vecchi paesi satelliti. Come la Bulgaria, ma come tanti altri. E così cominciarono a creare società ad hoc, intestate a persone di cui ci si sarebbe potuti fidare negli anni a

236

venire. A queste società giunsero flussi imponenti e costanti di finanziamenti da parte del PCUS. Non immaginate neppure di cosa stiamo parlando. Si tratta delle più importanti società operanti negli Stati del vecchio blocco sovietico. Quelle che hanno controllato l'economia di questi paesi fino ad oggi. Capite cosa significa?"

"Capisco cosa significa entrare in possesso di questo dischetto", replicò Vasko.

"Già, il dischetto contiene traccia di tutti i flussi di trasferimenti dal PCUS alle varie società sparse nell'Europa Orientale"

"E chi ha il dischetto, ne ha in mano l'economia"

"Chiunque può essere ricattato. Nessun oligarca o magnate, in Russia come in Bulgaria, o in Polonia, o in Romania, o in Ucraina potrebbe più essere sicuro della sua fortuna"

"E tu, Ivanov, per quale motivo vuoi entrarne in possesso? Per rendere servizio alla tua nazione?", chiese Geri, con tono di sfida.

"Solo gli stupidi continuano a fare il proprio dovere quando possono cominciare a fare il proprio interesse"

"Basta così! Siete tutti in arresto". Dalla boscaglia si levò la luce di una torcia elettrica che andò a colpire giusto negli occhi l'ispettore Ivanov, il quale tuttavia mantenne la canna della sua Beretta puntata sulla donna.

"Boris Yanchev, che sorpresa gradita! Sembra che tutti i miei allievi si siano radunati per celebrare il loro maestro"

"Ispettore, non credo ci sia molto da scherzare. Getti per terra la pistola. E lei, signora Dimovska, faccia la stessa cosa. E nessuno si farà male"

"Oh oh – fece Ivanov in una grottesca imitazione di risata – quanti telefilm americani hai visto, figlio mio: *getti per terra la pistola* – disse, facendogli il verso – *getti per terra la pistola*, ma dove l'hai sentita questa?"

"Le tecniche di diversivo con me non funzionano, ispettore. Ho seguito bene le sue lezioni. Faccia come le ho detto, e tutto andrà per il meglio"

Ivanov si abbassò di scatto, uscendo fuori dal cono di luce, e contemporaneamente fece partire un colpo nella direzione da cui proveniva la voce di Boris Yanchev.

Quasi simultaneamente, però, si udì un altro sparo, ed un proiettile fece il tragitto inverso. La luce della torcia si mosse ondeggiante, come cercasse un punto del terreno. Si fermò là dove giaceva il corpo di Ivanov. Vi si avvicinò. Dall'oscurità emerse la sagoma dell'agente Yanchev che impugnava l'arma verso il punto che la torcia elettrica illuminava. Con un calcio allontanò la Beretta dalla mano dell'ispettore.

"Glielo avevo detto, sarebbe stato meglio per tutti"

Ivanov gemeva, tenendosi una mano sulla spalla ferita.

Geri teneva ancora la Besshumnyy puntata verso Vasko, ma si era voltata a seguire ciò che stava accadendo alle sue spalle.

Fu allora che Vasko, approfittando della sua distrazione, alzò di taglio la vanga con cui stava scavando la fossa, e la indirizzò con forza sul fianco della donna, che lasciò cadere la pistola piegandosi in due.

Borko alzò lo sguardo. Fece in tempo a dire "ehi, fermo lì", e ad accennare un passo di corsa verso i due, che Ivanov lo afferrò per una caviglia, facendolo cadere in terra.

Boris Yanchev cercò di girarsi, con la mano tentando di recuperare la pistola, che gli era sfuggita nella caduta. Ma Ivanov lo teneva arpionato, e non mollava la presa.

Lo liberò solo quando vide che la pistola d'ordinanza dell'agente Yanchev era a pochi centimetri da lui. Lasciò la presa per afferrare l'arma.

Tempo di rialzarsi sui gomiti, e Boris Yanchev fu colpito al petto da una pallottola sparata a meno di un metro di distanza.

Ivanov raccolse tutte le sue forze e si alzò in piedi. Poco più in basso, Georgana Dimovska si contorceva nel sangue e nel fango, tenendosi con le mani la profonda ferita. L'ispettore volse lo sguardo intorno. Di Vasil Mladenov non vi era traccia. Accanto alla donna era rimasta la vanga.

"Maledetto Goranov, Mladenov, Sorokin, o come diavolo ti chiamerai da oggi in poi! L'avevo sempre detto che eri il migliore", gridò forte, convinto che Vasko fosse ancora lì intorno, e che potesse sentirlo.

Si avvicinò ancora, raccolse la vanga da terra, la sollevò più in alto che poté, con il braccio sano, sopra il capo della donna.

# EPILOGO

La conferenza stampa era da poco terminata.

Il Capo della Polizia di Sofia aveva lodato l'operato dell'Ispettore Todor Vladimirov Ivanov, che aveva messo fine ad una lunga scia di sanguinosi omicidi.

Purtroppo non era riuscito ad evitare l'ultimo, quello di Georgana Dimovska, cui era stata orribilmente fracassata la testa con una vanga, ma aveva alla fine ucciso lui stesso l'agente Boris Yanchev, funzionario corrotto e senza scrupoli che aveva approfittato della sua posizione per ricattare e corrompere, eliminando chiunque si fosse posto di traverso alla sua strada.

Ora era il momento dei riconoscimenti, e Ivanov attendeva, ancora con il braccio al collo, ostentando la ferita come un trofeo, che il sindaco in persona apponesse sulla sua divisa la medaglia che si era guadagnato.

Sotto un sorriso compiacente riusciva a dissimulare la rabbia che covava dentro, appena mitigata dalla soddisfazione di essere riuscito comunque, alla fine, a sistemare le cose nel migliore dei modi possibile.

Da una delle ultime file, l'Agente Vladimir Simeonov Slavchev osservava il tutto. Teso, cupo in volto, scosso dalle scomode verità di cui era, suo malgrado, a conoscenza. Ma Yanchev era morto, e a nessuno sarebbe più interessata una sua riabilitazione postuma. Applaudì quindi più calorosamente degli altri, quando la medaglia fu appuntata sulla divisa dell'Ispettore Ivanov, così che tutti vedessero, e capissero da che parte stava.

Vasko guardò fuori dal finestrino: le cupole colorate di San Basilio erano sempre riuscite a mettergli allegria, donavano un che di fiabesco al panorama cittadino. Soprattutto in Inverno, quando la neve ricopre i tetti e le strade. Le salutò con un cenno, mentre l'autovettura saliva verso la Lubijanka.

Ancora una volta tastò, con gesto quasi riflesso, il supporto rigido che custodiva nella tasca interna della giacca.

Il bravo agente aveva anche stavolta portato a termine la sua missione. Il dischetto, qualunque cosa contenesse, era di nuovo al sicuro.

Ora, mentre in testa gli tornava il motivo di una canzone nota, doveva lentamente ricominciare la lunga opera di rimozione.

*Indice*

Printed in Great Britain
by Amazon

70427997R00149